EL NIÑO Y SU MUNDO

Los niños y la naturaleza

Juegos y actividades para inculcar
en los niños el amor y el respeto
por el medio ambiente

Leslie Hamilton

ONIRO

Título original: *Child's Play in Nature*
Publicado en inglés por The Berkley Publishing Group.
A member of Penguin Putnam Inc.

Publicado por acuerdo con Lennart Sane Agency AB

Traducción de Albert Solé

Diseño de cubierta: Víctor Viano

Distribución exclusiva:
Ediciones Paidós Ibérica, S.A.
Mariano Cubí 92 – 08021 Barcelona – España
Editorial Paidós, S.A.I.C.F.
Defensa 599 – 1065 Buenos Aires – Argentina
Editorial Paidós Mexicana, S.A.
Rubén Darío 118, col. Moderna – 03510 México D.F. – México

© 1998 by Leslie Hamilton

© 1999 exclusivo de todas las ediciones en lengua española:
 Ediciones Oniro, S.A.
 Muntaner 261, 3.º 2.ª – 08021 Barcelona – España
 (e-mail:oniro@ncsa.es)

ISBN: 84-89920-62-1
Depósito legal: B-11.463-1999

Impreso en Hurope, S.L.
Lima, 3 bis – 08030 Barcelona

Impreso en España – *Printed in Spain*

PARA LARRY

con un millón de estrellas alrededor

Índice

AGRADECIMIENTOS   15
NOTA DIRIGIDA A LOS PADRES Y CUIDADORES   17
CÓMO USAR ESTE LIBRO   19
CONSEJOS DE SEGURIDAD   21
ANTES DE EMPEZAR   23

QUÉ LLEVARSE Y CÓMO TRANSPORTARLO   27
PARA LOS ADULTOS   29
PARA LOS NIÑOS   29
● ■ ▲   Binoculares   29
● ■ ▲   Transportador instantáneo   30
● ■ ▲   Bolsa sin costuras   31
● ■ ▲   Una bolsa muy fácil de coser   31
● ■ ▲   Bastón de paseo   33

PROVISIONES   35
        Cóctel de cereales   37
        Palomitas de maíz campestres   37
        Comida crujiente   38
        Pasas con cacahuetes   38

Combinado de frutas 38
Salud al momento 39
Bebidas 39

USA LOS SENTIDOS 41

●■▲ ¿A qué huele? 43
●■▲ ¡A escuchar! 44
●■▲ Mira a tu alrededor 45
●■▲ Vamos a tocar 46
●■▲ Los sabores de la naturaleza 46
●■▲ El juego de usar los sentidos 47

SÓLO NECESITAS HOJAS 49

AL AIRE LIBRE 51
●■▲ Cierra los ojos / Abre los ojos 51
●■ La hoja que gira 52
●■▲ La caída de la hoja 52
●■ Grande y pequeña 53
●■▲ ¿Cuál es distinta? 53
●■ Ser un árbol 54
●■ Buscar el tesoro entre las hojas 55
■▲ El juego de las hojas crujientes 56

EN CASA 57
●■▲ Calcos de hojas 57
■▲ Apariciones mágicas 58
■▲ Desapariciones mágicas 59
■▲ Huellas con tiza y pegamento 60
■▲ Huellas con pinturas 61
■▲ Huellas con esponja 62
■▲ Pétalos y hojas relucientes 63
▲ Árbol con hojas 64
●■▲ Hojas soleadas 65
■▲ Hojas lacadas 66
●■ Cartón de huevos floral 67
●■▲ Corona de hojas 68

DE PASEO   71

USA LOS OJOS   73
● ■ ▲   Recuento general   73
● ■ ▲   Búsqueda de colores   74
    ▲   A de árbol, B de bosque   74
  ■ ▲   ¿Natural o artificial?   75
● ■ ▲   Círculos, cuadrados y triángulos   75

DE EXCURSIÓN   76
    ▲   Norte, sur, este y oeste   76
● ■ ▲   Aventura con cordel   77
  ■ ▲   Señales en los caminos   78
● ■ ▲   Andar como los indios   79
●   Puente sobre las aguas   80
● ■ ▲   Buscando cosas   81
● ■ ▲   Safari de animales salvajes   81
    ▲   Cazamariposas   81
● ■ ▲   Tarro de recogida   83
  ■ ▲   Papel y lápices de colores   83
● ■ ▲   Binoculares   83
● ■ ▲   Qué buscar   83

PASEOS NOCTURNOS   84
● ■ ▲   Paseo con linternas   84
● ■ ▲   Contemplar las estrellas   86
● ■ ▲   Noche de paz   86
● ■ ▲   Paseo bajo la luna llena   86

¿QUÉ TIEMPO HACE?   89

DÍAS SOLEADOS   91
● ■   Yo hago, tú haces   91
●   Sombras sigilosas   92
  ■   Ser el alfabeto   92
● ■   Pisando sombras   93
  ■ ▲   Perseguir sombras   93
  ■ ▲   Artista de los días soleados   93

JUNTOS CUANDO HACE MAL TIEMPO — 94

■▲ Sacudir los árboles — 94
● Después de la tormenta — 95
● Saltar dentro de los charcos — 95
●■▲ Orejas al viento — 96
●■▲ Cuando llueve a cántaros — 96

TRUENOS ESTRUENDOSOS — 96

●■▲ Contando truenos — 96
●■ ¡Barrabúm! — 97
▲ ¿Cuántos? — 98

¡BRRRRR! (NIEVE Y FRÍO) — 98

■▲ Cacería para madrugadores — 98
■▲ Huellas en la nieve — 99
▲ Mensaje gigante — 100
▲ El truco de esquivar el árbol — 100
●■▲ Ángeles de nieve y niños de nieve — 101
■▲ Serpiente de nieve / Pulpo de nieve — 101
●■▲ Muñequitos de nieve — 102

¡VAMOS A LA PLAYA! — 103

●■▲ Un paseo por la playa — 105
●■▲ Los estanques de la marea — 106
●■▲ Cavar hasta el agua — 106
■▲ Castillos de gotas — 107
▲ Esculturas de arena — 108
▲ ¿Qué es la arena? — 108
●■▲ Piedras calientes — 109
■▲ Collar de conchas — 110

NATURALEZA EN INTERIORES — 111

■▲ Fiesta playera en casa — 113
● Cazar rayos de sol — 114
●■ Llega el invierno — 114
● Safari de plantas domésticas — 115
▲ Fíjate bien — 115
●■▲ Planta-mascota — 116

■▲ Cultivar brotes   116
▲ Brotes comestibles   117
■▲ ¡Despierta, primavera!   118

SÓLO POR DIVERTIRSE   121

●■▲ Adoptar un árbol   123
▲ Alfabeto de palitos   124
■▲ Amuleto de la buena suerte   124
■▲ Corona de flores   125
▲ Tréboles de cuatro hojas con trampa   126
■▲ Helicóptero   127
■▲ Cometa de tira   128
■▲ Árbol de golosinas   129
■▲ Colecciones y dónde guardarlas   130
     Rocas   131
     Hojas   131
     Pétalos   131
     Conchas   132
     Cristal marino   132
     Tesoros   132
     Arena   133
     Dibujos   133
     Plumas   133
     Inventad vuestra propia categoría   134

DAR DE COMER A LOS PÁJAROS   134
●■▲ Adornar los árboles   134
■▲ Comedero de pino   135
▲ Comedero de cartón   136

ARTE Y MANUALIDADES NATURALES   139
■ Cabezas de bellota   141
■▲ Collage de cositas   142
■▲ Collar natural   142
▲ Móvil natural   144
▲ Mural natural en tres dimensiones   145
▲ Diorama natural   147
●■▲ Huellas-mariposa   148

■▲ Los pinceles de la naturaleza ... 150
▲ Ventanas-cuadro ... 150
●■▲ Mariposa aleteante ... 152
■▲ Tortuga de plato de papel ... 154
■▲ Campanillas del viento ... 156

JUGANDO CON LA ARCILLA ... 158
●■▲ Arcilla de alfarero instantánea ... 158
■▲ Placa de apretar y despegar ... 158
▲ Hojas de arcilla ... 160
■▲ Bosque en miniatura ... 161
▲ Árbol casero ... 162

DIVERSIÓN Y JUEGOS AL AIRE LIBRE ... 165
● Hacer de animales ... 167
● Otro punto de vista ... 167
●■▲ ¿Qué falta aquí? ... 167
●■ Jugando con vainas ... 168
●■▲ Me quiere, no me quiere ... 169
■▲ ¿Quién ganará? ... 169
●■▲ Ramitas para los deseos ... 170
●■▲ Palo largo / Palo corto ... 170
●■ Esconder-y-buscar ... 171
● ¡A rodar! ... 172
■▲ Pompas de jabón ... 172
■▲ Seguir al jefe ... 173

JUGAR CON GUIJARROS ... 174
●■▲ Agujero o cuenco ... 174
●■▲ Tiro al blanco ... 174
● Tiro al charco ... 175
● Tiro a la acera ... 175
●■ Manos ... 176
●■▲ Vasos ... 176
●■ Registrar bolsillos ... 177
● Esconder guijarros y buscarlos ... 177

CIENCIA AL AIRE LIBRE 179

● ■ ▲ ¿Está limpia la lluvia? 181
● ■ Abrazar un árbol 181
▲ El musgo manda 182
▲ Examinar raíces 183
■ ▲ Apio de colores 184
▲ Flotar en el océano 185
■ ▲ Anillos de agua 186
■ ▲ Vida de hormigas 186
● ■ ▲ Visitar la tienda de mascotas 187

CIENCIA PARA DÍAS SOLEADOS 189

■ ▲ Luz y oscuridad 189
● ■ ▲ Sombras 190
● ■ ▲ Haz tu propio arco iris 191
▲ Reloj de sol 191

CIENCIA PARA DÍAS DE NIEVE 192

■ ▲ ¿De qué está hecha la nieve? 192
■ ▲ ¿Está limpia la nieve? 193
■ ▲ Témpano flotante 194
▲ Cubito flotante 194

¡CUIDAD NUESTRO PLANETA! 197

Agradecimientos

He tenido la inmensa suerte de poder pasar una gran parte de mi vida jugando al aire libre. Desde las excursiones y acampadas campestres infantiles hasta el submarinismo y las escaladas de hoy, todavía me emociono cuando encuentro una mata de moras silvestres en un sendero de montaña o alzo los ojos hacia un cielo estrellado desde mi patio trasero. Lo más maravilloso es saber que mis hijos comparten este amor a la naturaleza, y que se sienten felices y a gusto cuando se alejan de la civilización.

Así pues, agradezco a Sholom y Judith Pearlman esas primeras acampadas y paseos por los bosques. Y agradezco a mis hijos, Sarah y Dave, todos esos grandes placeres al aire libre de los que ha disfrutado nuestra familia, desde el nadar en aguas azul turquesa hasta el esquiar bajo la nevada pasando por las caminatas bajo el viento helado. Agradezco a Warren y Alicia Hamilton que me llevaran a lugares que jamás soñé llegaría a ver. Y agradezco a mi esposo Larry que siempre esté sugiriendo otro viaje a otro nuevo lugar para otra nueva y sorprendente actividad al aire libre.

Siempre estaré en deuda con Beryl Anderson por, una vez más, haber leído y criticado mi manuscrito y haberme ofrecido valiosos consejos desde la perspectiva de una maestra.

Gracias también a mis directoras de publicaciones en Perigee: a Suzanne Bober por su apoyo y paciencia, y a Erin Stryker por su eficiencia y entusiasmo. También debo expresar mi gratitud a mi agente, Angela Miller, por sus consejos y su perseverancia.

Nota dirigida a los padres y cuidadores

Disfrutar del aire libre con vuestros niños no requiere una cordillera, un parque nacional o un océano. El mágico silencio del gran bosque es una experiencia inolvidable, pero suele ser difícil de encontrar.

Los niños se sienten atraídos de manera natural por todo aquello que es nuevo y distinto. La emoción y el interés no surgen de los entornos fabulosos, sino del descubrimiento y la exploración. Un recorrido en coche a través de un paisaje impresionantemente hermoso aburrirá a muchos niños, en tanto que un arco iris, una telaraña o el viaje de una hormiga a través de la hierba pueden suponer el comienzo de una memorable tarde de actividades para ti y tus niños. Texturas, colores, olores... Tu fascinación por los prodigios de la naturaleza es contagiosa. Tu ejemplo hará que los niños aprendan a amar la naturaleza.

Cómo usar este libro

Todas las actividades, juegos y trabajos manuales de este libro han sido codificadas con la intención de ayudarte a elegir las más convenientes para tus niños.

● Actividades muy simples adecuadas para niños pequeños (1 1/2 a 3 años) o para niños de mayor edad a los que les apetezca algo rápido y sencillo. Estos proyectos también son ideales para que un niño de mayor edad juegue con otro más pequeño.

■ Estas actividades son adecuadas para niños de entre 2 y 4 años. Requerirán un poco más de tiempo o cierta habilidad en el manejo de las tijeras o los rotuladores.

▲ Estas actividades son para niños de entre 3 1/2 y 6 años que ya dominen algunas habilidades artísticas, puedan mantener la atención concentrada durante más tiempo y estén empezando a aprender el alfabeto y a contar.

La mayoría de las actividades están marcadas ● ■, ■ ▲, o ● ■ ▲, e interesarán a niños de distintas edades y niveles de capacidad. Los más pequeños quizá necesiten un poco de ayuda extra en ciertos juegos o proyectos, mientras que los mayores tal vez inventen nuevas ideas y enfoques propios. Modifica las actividades para adaptarlas a la personalidad del niño, su estado de ánimo y niveles de energía, y la hora del día.

! *¡Cuidado!* Asegúrate de que el niño entiende que cuando se juega al aire libre hay ciertas reglas muy importantes que deben ser observadas. (Véase **Consejos de seguridad,** p. 21.) Las actividades marcadas con el símbolo de la precaución (!) requieren una cautela extra y deben ser supervisadas en todo momento por una persona adulta.

Consejos de seguridad

Habla de estas reglas mientras juegas y exploras la naturaleza con el niño. Una advertencia sobre el zumaque venenoso, las calles con mucho tráfico o las setas de vivos colores siempre será más significativa y memorable cuando la situación o el objeto se encuentran justo delante de vosotros.

- Explora únicamente en compañía de una persona adulta de confianza. No te separes de tu grupo o cuidador. Si temes haberte perdido, **quédate donde estás y no te muevas.** Tu adulto vendrá a buscarte.
- Por muy sabroso o familiar que pueda parecerte, nunca comas nada de lo que puedas encontrar creciendo por ahí.
- No recojas setas.
- Aprende a identificar el zumaque venenoso y las ortigas, y no te acerques a ellas.
- No te acerques a los animales salvajes, ni siquiera en el caso de que parezcan muy mansos.
- No recojas flores silvestres, ya que quizá pertenezcan a alguna especie poco común. Coge únicamente las flores que los adultos te digan puedes coger.
- Presta atención a la hora y al tiempo que hace.

Antes de empezar

Qué ponerse

Convierte la aventura al aire libre del niño en una ocasión realmente especial escogiendo como ropa de excursión algunas prendas viejas que utilice para jugar. La mejor elección siempre será aquella que pueda ensuciarse. El calzado debería ser resistente y cómodo.

Utiliza la técnica de las capas, ya que así podrás quitar algo si hace calor o añadir otra capa si hace frío. Unos pantalones cortos debajo de unos pantalones de chándal son muy útiles cuando el día ha amanecido frío pero quizá haga más calor después.

Si te parece que va a llover, coge un impermeable o un poncho. Un sombrero ayudará a proteger la cara del sol. Y si hace mucho frío, no olvides coger guantes y un sombrero de abrigo.

Adónde ir

Vuestro destino apenas tiene importancia en comparación con los descubrimientos y la diversión que encontraréis una vez hayáis llegado a él. En la ciudad, podéis empezar con vuestra propia acera o con los árboles de la calle. Otras aventuras ciudadanas pueden llevaros al final de la calle, a dar una vuelta a la manzana y a los jardines o los parques.

En el extrarradio y las zonas más rurales, explorad vuestro patio trasero, los parques o granjas cercanas, los jardines botánicos abiertos al público, las reservas forestales y los parques nacionales.

Qué llevarse
y cómo transportarlo

Para los adultos

Puede que tú y el niño queráis llevaros alguna de estas cosas.

Reloj
Protector solar
Repelente para insectos
Sombrero para el sol
Suéter o cazadora extra
Guantes y sombrero, si hace frío
Impermeable y paraguas
Lupa, si disponéis de una
Material de dibujo, si es que proyectáis dibujar
Algo para comer (Véase **Provisiones**, p. 35.)

Para los niños

A los niños les encanta traerse tesoros a casa, así que asegúrate de llevarte unas cuantas «bolsas de recogida» de plástico. Quizá también queráis disponer de alguno de los siguientes accesorios extra.

●■▲ Binoculares

Necesitas: El tubo de cartón de un rollo de papel de cocina o dos tubos de cartón de los rollos de papel higiénico
Tijeras

Papel de aluminio o de embalar
Cinta adhesiva
Cinta, cordel o cuerda

Tú: Si vais a usar el tubo de un rollo de papel de cocina, córtalo por la mitad.

Tú y el niño: Recubrid cada tubo con papel de aluminio o de embalar y ribetead los extremos con cinta adhesiva. Unid los tubos por los extremos con cinta adhesiva y pegad un trozo largo de cinta, cordel o cuerda, tal como indica el dibujo, para que el niño pueda colgarse los binoculares del cuello.

●■▲ Transportador instantáneo

Esta botella-recipiente muy fácil de fabricar es ideal para las excursiones o los paseos por la playa. El asa hace que resulte fácil de transportar, y va muy bien para llevar a casa tesoros mojados o llenos de barro.

Necesitas: Una botella de plástico grande (3-5 litros) que tenga asa
Tijeras

Tú: Corta la botella de plástico tal como muestra el dibujo y alisa los bordes.

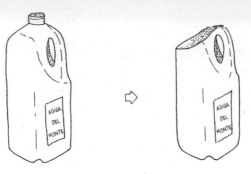

●■▲ Bolsa sin costuras

Necesitas: Unos tejanos de adulto que ya estén para tirar
Tijeras afiladas
Dos imperdibles

Tú: Corta alrededor de uno de los bolsillos de atrás del tejano, tal como muestra el dibujo, dejando un reborde de unos 3 cm. Corta de una pernera una tira de 4 cm de grosor por 40 de longitud. Dóblala a lo largo y une los extremos a la bolsa con los imperdibles para obtener un asa.

Observación: Mete la bolsa en la lavadora y cuélgala a secar. Al deshilacharse, los bordes le darán un aspecto agradablemente rústico.

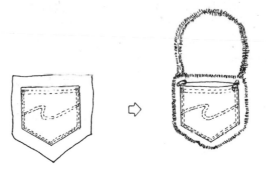

●■▲ Una bolsa muy fácil de coser

Necesitas: Tela de grosor mediano o extra, 20 × 50 cm (Puedes usar cualquier tipo de tela, pero el dril y la pana son especialmente duraderos. Usa tela sobrante de otro proyecto o corta alguna prenda que pensaras tirar.)

Rotulador, lápiz o bolígrafo

Aguja e hilo o cordel delgado (Si usas hilo, siempre puedes doblarlo.)

Tijeras

Cinta métrica o regla

Tú y el niño: Doblad la tela por la mitad, juntándola por la derecha y haciendo el pliegue en el fondo. (1)

Trazad líneas de corte y costura sobre la tela con un rotulador, lápiz o bolígrafo. Las líneas de costura suben 15 cm por cada lado, dejando un margen de 3 cm. Las líneas de corte, tal como muestra el dibujo, forman un asa redondeada. (2)

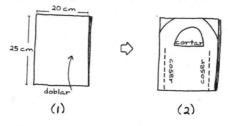

Cose a lo largo de las líneas de costura, atravesando las dos capas de tela y dando puntadas lo más pequeñas posible. (3)

Tú: Siguiendo las líneas de corte, corta a través de las dos capas de tela con las tijeras. (3)

El niño: Dará la vuelta a la bolsa, dejando el lado derecho fuera. Si quiere, luego puede adornarla usando rotuladores. (4)

●■▲ Bastón de paseo

Necesitas: Durante vuestras excursiones quizá encontréis un bastón especialmente bonito que tenga la altura ideal para un niño. Busca uno que no sea demasiado largo o demasiado corto, pueda cogerse con facilidad y sea lo bastante sólido para durar una temporada.

Tú y el niño: Arrancáis la corteza y luego alisáis la madera frotándola con papel de lija, o la dejáis tal cual. Si la madera es clara o la corteza es lisa y suave, el niño quizá querrá adornar el bastón usando rotuladores. Guardad el bastón en un lugar especial para vuestra próxima salida.

Provisiones

Comer al aire libre siempre es una experiencia especial. Morder una manzana mientras estás sentado encima de un tocón o tomas el sol resulta muy divertido. Escoge alimentos sencillos que no sean pegajosos, y métalos en bolsas individuales o en recipientes reutilizables. No olvides coger una bolsa de basura pequeña para los corazones de manzana, servilletas, vasos o envoltorios. Todas estas comidas para las excursiones son muy fáciles de preparar, y tú y el niño podréis hacerlas juntos.

Cóctel de cereales

Mezcla partes iguales de dos, tres o cuatro de los cereales favoritos del niño, prescindiendo de los copos y de aquellos que sean demasiado azucarados. Si el niño insiste en añadir un cereal endulzado, puedes mezclarlo con dos o tres cereales sin endulzar. Si al niño le gustan, añádeles pasas.

Palomitas de maíz campestres

Mezcla dos tazones de palomitas de maíz con una taza de cacahuetes, otra de pasas y otra de plátano troceado. Como adorno especial, puedes añadir unas cuantas almendras, nueces o avellanas.

Comida crujiente

Si quieres unir el ruido con el sabor, combina partes iguales de dos, tres o cuatro tipos y formas distintas de galletitas para el aperitivo. Prueba a combinar galletitas con forma de pez, pretzels, bocaditos de queso y, quizá, unas cuantas galletas con formas de animales.

Pasas con cacahuetes

La mezcla tradicional se prepara con partes iguales de pasas, cacahuetes y un combinado de frutos secos pelados. Si queréis ser atrevidos y creativos, podéis sustituirlos por nueces, anacardos, arvejas, arándanos o trocitos de albaricoque.

Combinado de frutas

Prepara una macedonia con tus frutas secas favoritas (albaricoque, manzana, plátano, papaya, piña, uvas, ciruelas, etc.). La macedonia cunde mucho, y no es necesario que la prepares en grandes cantidades.

Salud al momento

Manzana o gajos de naranja en bolsas sellables
Pinchos de zanahoria y apio (Adorna los extremos con una aceituna.)
Pasteles de arroz (hervido o condimentado)
Trozos de queso en una bolsa sellable
Bastoncitos, galletitas de aperitivo
Uvas en una bolsa sellable

Bebidas

Los envases de zumos individuales son muy cómodos, pero el agua es sanísima, no mancha si se derrama, está disponible en botellas de plástico fáciles de transportar y, además, sirve para lavar caras y manos pegajosas.

Para las aventuras en días fríos, un termo lleno de chocolate caliente es una auténtica bendición. Lleva tazones para todos y si el chocolate está demasiado caliente, deja que los niños le añadan un poquito de nieve limpia.

Usa los sentidos

Cuando estéis disfrutando del aire libre, habla con los niños de nuestros cinco sentidos: tacto, gusto, olfato, oído y vista.

●■▲ ¿A qué huele?

Tú y el niño: Salís de casa y husmeáis el aire. ¿Qué olores percibís? ¿Son agradables o desagradables?

Olores naturales: Oled algunas flores. ¿Todas tienen aroma? ¿Todas huelen bien? Partid algunas agujas de pino y oledlas. Fijaos en cómo huele el mundo después de una tormenta. Oled el aroma de la hierba recién cortada. Si vivís cerca de una granja, podéis hacer un recorrido por sus muchos olores. Si vais al mar, pasead por la playa y dedicaos a olisquear el aire mientras andáis.

Olores urbanos: Un olor obvio es el de los tubos de escape de los coches y los autobuses, pero además hay muchas otras fragancias ciudadanas bastante más agradables. Cuando vayáis por la calle, olisquead el aire para captar los olores a alimentos de los restaurantes, las panaderías o los vendedores callejeros. Los grandes almacenes siempre huelen a perfumes. Las librerías huelen a libros. Una pastelería huele a caramelos y pasteles.

Preguntas con trampa: ¿Puedes oler la luz del sol? ¿Huele el azul distinto que el rojo? ¿Sabrías decir dónde te encuentras sólo olisqueando el aire? ¿Sabes qué habrá para postre por su aroma?

●■▲   ¡A escuchar!

Tú y el niño: Paseáis en silencio, sin hacer ruido y con toda la atención puesta en escuchar.

Sonidos naturales: Escuchad el canto de los pájaros, el crujir de las hojas bajo vuestros pies, el viento en los árboles, las olas que chocan con la orilla, el parloteo de las ardillas y el zumbido de los insectos, los ladridos de los perros, el gotear de la lluvia y el retumbar del trueno.

Sonidos urbanos: El tráfico hace que las calles siempre resuenen con los bocinazos y el ruido de los motores, pero también hay otros sonidos que escuchar: gente que habla en distintos idiomas; albañiles que utilizan martillos y máquinas; música de un grupo callejero o que llega hasta nosotros desde una ventana abierta o un coche que pasa. Tratad de escuchar las sirenas de los coches de la policía y los bomberos, los sonidos del metro y los aviones que vuelan por el cielo.

Preguntas con trampa: Cuando llueve lo oímos, pero ¿podemos oír nevar? ¿Sabemos dónde estamos con sólo escuchar? Los ruidos fuertes son fáciles de oír, pero ¿podrías decirme qué ruidos suaves eres capaz de oír? ¿Puedes reproducir algunos de los sonidos que oyes?

Véanse también: **El juego de las hojas crujientes** (p. 56), **Andar como los indios** (p. 79) y **Noche de paz** (p. 86).

Tú y el niño: Cuando salgáis de casa, prestad más atención a las cosas de lo que lo hacéis normalmente. Llévate una lupa para examinar nuevos detalles, texturas y demás características ocultas.

Visiones naturales: En la naturaleza hay tanto que ver que a veces cuesta decidir por dónde empezar. Prestad atención a las formas, los colores, los tamaños y las sorpresas. Un examen concienzudo de los objetos más sencillos revelará características que quizá os habían pasado desapercibidas anteriormente. Sentaos un rato en el parque y contemplad las aventuras de una ardilla, una nube moviéndose a través del cielo o una gota de agua que está a punto de desprenderse de la punta de un carámbano.

Visiones urbanas: La naturaleza está presente incluso en las calles de la ciudad. Buscad sombras interesantes proyectadas por el sol. Llevaos unas cuantas palomitas o migajas de pan para alimentar a los pájaros. Escoge un día de verano y enseña al niño cómo el calor hace que ciertas superficies pavimentadas parezcan ondular. En invierno podéis dedicaros a buscar carámbanos suspendidos de los tejados y los edificios.

Preguntas con trampa: ¿Cuántos colores puedes encontrar en una hoja? ¿De qué color es el océano (lago, estanque, río)? ¿Eres capaz de saber si algo es duro o blando sólo con mirarlo? Cuando miras por la ventana, ¿cómo puedes saber si ha estado lloviendo?

Véanse también: **Cierra los ojos / Abre los ojos** (p. 51), **¿Cuál es distinta?** (p. 53) y **Usa los ojos** (p. 73).

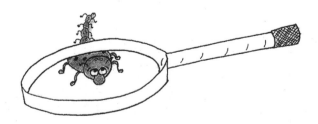

●■▲ Vamos a tocar

Tú y el niño: Tocar y sostener las cosas con las que os vais encontrando durante vuestras aventuras hará que cada viaje sea más memorable para el niño. Pero cuidado con las espinas y los bordes afilados.

Contactos naturales: Hablad de lo suave y lo duro, lo liso y lo rugoso, lo frío y lo caliente, lo irregular y lo pulimentado. Examinad las cortezas de los árboles: algunas son rugosas o lisas, y otras parecen estar hechas de papel. Los guijarros de la playa han sido alisados por las mareas, mientras que otras rocas son rugosas y están recubiertas de cristales. La nieve puede ser seca y pulverulenta, blanda y mojada, o tan dura como el hielo.

Contactos urbanos: Pasad las manos por las paredes de los edificios para percibir las distintas texturas del ladrillo, el mármol, la piedra pulimentada, el cristal y otros materiales.

Preguntas con trampa: Cuando sientes las gotas de lluvia sobre tu cabeza o tu cara sabes que está lloviendo. ¿Puedes saber si nieva mediante el tacto? ¿Eres capaz de sentir la caricia del viento? ¿Puedes saber si hace sol o si está nublado mediante el tacto?

Véanse también: **Sólo necesitas hojas** (p. 49) y **Piedras calientes** (p. 109).

●■▲ Los sabores de la naturaleza

Sabores naturales: Si no estamos absolutamente seguros de que es comestible, y por muy apetitoso que pueda parecernos, nunca debemos comer nada de cuanto podamos encontrar en el campo. En vez de buscar comida durante vuestras aventuras, id a una frutería y «recoged» fruta de los estantes. Es fácil y muy divertido, y después tanto los adultos como los niños lo pasarán en grande saboreando la fruta recién «cogida» mientras toman el sol.

Sabores urbanos: Habla de las distintas clases de sabores con el niño. ¿Qué sabe salado? ¿Qué alimentos son dulces? ¿Qué alimentos son amargos o tienen un sabor agrio? ¿Qué alimentos tienen sabores picantes?

Preguntas con trampa: Puedes sentir y oír el viento y a veces puedes olerlo, pero ¿puedes percibir su sabor? ¿Puedes decir a qué sabrá algo con sólo mirarlo? ¿Puedes decir a qué sabrá algo con sólo olerlo? ¿Sabías que el agua de mar es salada?

●■▲ El juego de usar los sentidos

La primera forma en que identificamos la mayoría de los objetos es mirándolos.

Tú y el niño: Recoged unos cuantos objetos de uso común, y después pide al niño que los identifique utilizando el olfato, el tacto, el oído o el gusto, pero no la vista.

Ejemplos:

Olfato: Con los ojos cerrados y las manos encima del regazo, el niño huele alimentos para identificarlos: una naranja, una tableta de chocolate, mantequilla de cacahuete.

Tacto: Con los ojos cerrados y el brazo extendido, el niño toca objetos para identificarlos: una manzana, un juguetito, una hoja, una concha.

Oído: Con los ojos cerrados y las manos encima del regazo, el niño identifica actividades u objetos mientras tú vas haciendo ruido con ellos: juega con un juguete que haga ruidos, marca un número en un teléfono portátil, rasga una hoja de papel, abre una caja de cereales.

Gusto: Con los ojos cerrados, el niño come alimentos misteriosos y los identifica únicamente por el sabor: mantequilla de cacahuete, zumo de frutas, plátano, galleta.

Sólo necesitas hojas

Todos estos juegos y actividades fáciles de realizar están inspira-
dos en uno de los objetos que más abundan en la naturaleza.

Al aire libre

●■▲ Cierra los ojos/Abre los ojos

Esta actividad pretende hacerte usar los sentidos.

Necesitas: Una o más hojas que no se rompan con facilidad

Tú: Sin que el niño pueda ver la hoja, pídele que cierre los ojos y después dásela.

El niño: Desliza los dedos por encima de las superficies de la hoja, sus bordes, su tallo, etc. Los niños quizá quieran sentir el contacto de los bordes y las superficies en las mejillas.

Preguntas que debes hacer: «¿Qué sientes al tocar los bordes de la hoja? ¿Puedes sentir el tallo?».

▲ Pregunta para niños mayores: «¿Podrías dibujar el aspecto que crees tiene la hoja?».

Tú y el niño: Examinad la hoja misteriosa, y después habla con el niño de la forma, la textura, los bordes y la estructura. «¿Ves el tallo? ¿Ves las venas? ¿Cómo es el extremo de la hoja, puntiagudo o redondo? ¿Cómo son los bordes, lisos o irregulares? ¿Qué colores ves en esta hoja? ¿Te parece que los dos lados son del mismo color? ¿Ves algún agujero en la hoja? ¿Cuántos agujeros hay?»

La hoja que gira

Para las manitas de un niño, hacer esto resulta más difícil de lo que parece a primera vista.

Necesitas: Una hoja provista de tallo que no se rompa con facilidad

Tú y el niño: Sostén el tallo entre el pulgar y el índice y muestra al niño cómo haces girar la hoja. Después dale la hoja para que intente hacerla girar.

Idea: Cuando el niño se haya convertido en un experto girador de hojas, sugiérele que haga girar una hoja con la otra mano. Una vez que haya aprendido a hacerlo, el niño podrá intentarlo con dos hojas a la vez. Entonces puedes coger dos hojas y celebrar una fiesta de cuatro hojas giratorias.

La caída de la hoja

Necesitas: Una hoja grande
Un día de brisa suave o sin viento

Tú: Preguntas al niño dónde cree que caerá la hoja si la dejas caer desde muy arriba.

Tú y el niño: El niño o se pone en el sitio donde cree que caerá la hoja y hace una señal con tiza en el pavimento, o marca el sitio con un guijarro o una ramita. Sostén la hoja por encima de tu cabeza con el brazo extendido, y déjala caer mientras el niño mira dónde acaba cayendo.

Variación: Pide al niño que intente coger la hoja al vuelo cuando la dejes caer. (¡Es realmente difícil!)

●■ Grande y pequeña

Necesitas: Entre ocho y diez hojas de distintos tamaños

Tú y el niño: El niño puede encargarse de recoger las hojas para esta actividad. Amontona las hojas y pide al niño que escoja dos. Después pregúntale cuál es la pequeña y cuál es la grande, y luego haz un montón con las hojas y pídele que vaya encontrando distintas hojas. «Encuentra una hoja grande. Encuentra una hoja que sea un poco más pequeña. Encuentra una hoja muy pequeñita. Encuentra una hoja mediana.»

Variación: Podéis jugar a este juego usando ramitas, guijarros, conchas, etc.

●■▲ ¿Cuál es distinta?

Necesitas: Unas veinte hojas de distintos tipos, tamaños y colores

Tú y el niño: El niño puede encargarse de recoger las hojas, y bastará con que te asegures de que acabáis disponiendo de un buen surtido de ellas.

Tú: Escoges tres hojas entre las que haya alguna similitud y una hoja que sea distinta. Una buena manera de empezar es con tres hojas grandes y una hoja pequeña; o con tres hojas verdes y una amarilla. Después prueba algo más difícil, como por ejemplo tres hojas de arce y una de olmo. Siempre debes pedir al niño que escoja la hoja distinta y que te diga en qué consiste la diferencia.

Variación: Deja que el niño escoja tres hojas idénticas y una hoja distinta, y haz tú las preguntas.

●■ Ser un árbol

Cuando llegue el momento de recoger las hojas caídas puedes probar con este juego para niños muy pequeños, a los que les encantan los juegos de fingir.

Necesitas: Un día otoñal con viento
Un patio lleno de hojas

Tú y el niño: Ayuda al niño a recoger hojas secas. Después sostendréis la máxima cantidad posible de hojas en las manos mientras mantenéis los brazos extendidos (como si fuerais un árbol). Cuando el viento sople con fuerza, los dos gritáis «¡Adiós, hojas, adiós!» y las lanzáis al aire. Mirad cómo se alejan, y después recoged más hojas para la próxima ráfaga de viento.

Buscar el tesoro entre las hojas

Aquí tienes otra manera de conseguir que la recogida de las hojas divierta a tu pequeño (y no sea tan aburrida para ti).

Necesitas: Un patio lleno de hojas secas
Una persona adulta con un rastrillo para hojas
Un tesoro (Escoge algo grande que sea fácil de encontrar: una pelota, un frisbee, un cubo para la playa, un envase de plástico vacío.)

Tú: Preparas un buen montón de hojas y entierras el tesoro en él.

El niño: Tendrá que hurgar en el montón de hojas para encontrar el tesoro.

Ideas: El tesoro puede ser enterrado y descubierto una y otra vez.

Si el niño encuentra el tesoro demasiado deprisa, sustitúyelo por otro que sea un poco más pequeño: una pelota de tenis, un chanclo del niño, etc.

A algunos niños les encanta cubrirse de hojas.

Si hay más de un niño jugando, entierra un tesoro para cada uno en el mismo montón de hojas. Los niños pueden buscar juntos o turnarse.

■▲ El juego de las hojas crujientes

Necesitas: Un patio lleno de hojas secas

Tú y el niño: Haz que el niño se siente, con los ojos cerrados o tapados, en el centro de un área llena de hojas secas. Luego retrocede un par de metros y camina alrededor del niño, haciendo el máximo ruido posible y pateando las hojas y aplastándolas mientras caminas. Después quédate inmóvil. Manteniendo cerrados los ojos, y usando únicamente los sonidos de las hojas, ¿podrá indicar el niño dónde te has detenido?

! Si vais a jugar a este juego en vuestro patio trasero, puedes cambiar de sitio y dejar que sea el niño el que haga ruido a tu alrededor mientras permaneces inmóvil con los ojos cerrados. Si jugáis en un parque público, es preferible que no pierdas de vista al niño.

Como variación, también podéis pisar las hojas con los pies descalzos.

Observación: Algunos niños son incapaces de mantener cerrados los ojos por mucho que lo intenten. Si a pesar de ello quieren jugar a este juego, y en vez de usar una venda, puedes ponerle un sombrero lo bastante grande para que le tape los ojos mientras tú vas de un lado a otro.

En casa

●■▲ Calcos de hojas

Necesitas: Unas cuantas hojas planas que no se rompan con facilidad
Papel blanco
Rotulador o lápiz de colores

Tú: Usando cinta adhesiva, sujetas las esquinas del papel a una superficie de trabajo lisa y dura.

Tú y el niño: Ponéis una hoja, con las venas hacia arriba, debajo del papel. Muestra al niño cómo frotar suavemente el papel con el rotulador o el lápiz hasta que aparezca el dibujo de la hoja. Para evitar que la hoja se mueva de un lado a otro mientras el niño trabaja, puedes sostenerla por el tallo.

Si el tamaño del papel lo permite, haced unos cuantos calcos en una página y luego hablad de qué formas parecen idénticas y cuáles se ven distintas.

● **Ideas para niños pequeños:** Los niños muy pequeños necesitarán ayuda, y puede que se conformen con ir viendo cómo la forma de la hoja aparece sobre el papel.

■▲ Apariciones mágicas

Necesitas: Unas cuantas hojas (Intenta encontrar algunas que tengan mucha textura.)
Papel blanco liso
Lápiz blanco
Acuarelas, pinturas al temple, pinturas manuales o rotuladores lavables

Tú: Calcas una hoja (p. 57) frotando el papel con el lápiz blanco. El calco será invisible, así que asegúrate de abarcar toda la superficie de la hoja con el lápiz.

El niño: Pinta encima del calco invisible con las pinturas o los rotuladores lavables usando colores intensos (rojo, azul, verde, negro). La trama de la hoja debería aparecer como por arte de magia. (Si la imagen no está clara, esparcid la pintura con el dedo. Esto suele ser necesario cuando se utilizan rotuladores.)

Variación: Esta técnica también resulta muy divertida si se usan colores contrastados. Por ejemplo, haced un calco usando un lápiz negro y luego pintad encima con rojo, amarillo o naranja.

■▲ Desapariciones mágicas

Necesitas: Unas cuantas hojas que no se rompan fácilmente (Intenta encontrar algunas que tengan mucha textura.)
Papel de embalar oscuro (el mejor es el negro)
Tiza blanca o de colores claros
Cuenco de agua

Tú: Si quieres, puedes sujetar el papel a la superficie de trabajo con cinta adhesiva para que no se mueva.

El niño:	Frota con fuerza la parte central del papel usando un lado de la tiza, dejando en blanco un ribete de unos 5 cm para que sirva de marco.
Tú y el niño:	Mojáis la hoja, la sacudís para eliminar el exceso de agua y apretáis el lado venoso sobre el papel frotado con la tiza. Después frotáis suavemente la hoja con el dedo y la levantáis para revelar la huella en el papel.
Observación mágica:	La imagen desaparecerá «mágicamente» a medida que se vaya secando el papel. El papel frotado con la tiza puede volver a ser utilizado.
Variación:	Si no disponéis de tiza, podéis hacer huellas de agua. Mojad las hojas y presionadlas sobre papel de embalar oscuro, y después levantad la hoja para obtener la imagen. (La imagen desaparecerá a medida que se seque.)

■▲ Huellas con tiza y pegamento

*Este juego es similar al de las **Desapariciones mágicas** (p. 59), con la única diferencia de que las huellas serán permanentes.*

Necesitas:	Unas cuantas hojas con mucha textura y que no se rompan fácilmente Papel de embalar oscuro Tiza blanca o de color pastel Pegamento blanco Pincel pequeño o bastoncito de algodón (opcionales)
Tú:	Si quieres, puedes sujetar el papel a la superficie de trabajo con cinta adhesiva para que no se mueva.
El niño:	Empleando un lado de la tiza, frota con fuerza la parte central del papel dejando en blanco un ribete de unos 5 cm para que sirva como marco. A continuación, y usando los dedos, un pincel o un bastoncito de algodón, extiende una delgada capa de pegamento blanco sobre el lado venoso de la hoja.

Tú y el niño: Presionáis la hoja, con el lado cubierto de pegamento vuelto hacia abajo, sobre el papel frotado con la tiza. Frotadla suavemente con el dedo.

El niño: Quita la hoja, revelando la imagen. Dejad que se seque.

■▲ Huellas con pinturas

Necesitas: Unas cuantas hojas (también podéis probar con helechos, plumas y flores o pétalos que no se rompan fácilmente)
Pinturas al temple y pincel o rotuladores lavables
Papel
Sobres viejos o trozos de papel para tirar (pero no hojas de periódico)

El niño: Elige las hojas y los colores.

Tú y el niño: Usando un pincel o los dedos, recubrís con una delgada capa de pintura el lado de la hoja que tenga más textura. La capa debería cubrir toda la hoja, pero no debería ser demasiado gruesa.
Si usáis rotuladores, poned la hoja encima del papel con el lado de la textura vuelto hacia arriba y coloreadlo sin apretar. Aseguraos de colorear toda la hoja.
Poned la hoja sobre el papel con el lado pintado vuelto hacia abajo.
Tapad la hoja con otro papel, y frotad suavemente la hoja con los dedos.

El niño: Levanta primero el papel y luego la hoja, revelando la huella.

Observación: Si la huella es demasiado tenue, usad más pintura la próxima vez. Si está demasiado oscura y no muestra la textura de la hoja, seguid imprimiendo con esa hoja para consumir el exceso de pintura.

Variación: Usad dos o más colores sobre una hoja, esparciéndolos por zonas, para crear un efecto de follaje otoñal enjoyado.

■▲ Huellas con esponja

Necesitas: Unas cuantas hojas
Pinturas al temple
Pincel
Un trozo de esponja limpia y húmeda de unos 3 cm de grosor
Papel

Tú: Si quieres, sujeta el papel a la superficie de trabajo con cinta adhesiva.

El niño: Escoge las hojas y el color de la pintura.

Tú y el niño: Ponéis una hoja sobre el papel con el lado liso vuelto hacia arriba. Después usáis el pincel para aplicar pintura al extremo del trozo de esponja mojada. Mientras tú sostienes la hoja, el niño va esparciendo pintura a su alrededor con la esponja. Para obtener una huella multicolor, lavad la esponja y aplicad dos o más colores sobre la misma hoja. Asegúrate de que la hoja no se mueve mientras estáis aplicando la pintura.

El niño: Levanta la hoja para revelar la huella.

■▲ Pétalos y hojas relucientes

Esta técnica sencilla y rápida permite preservar hojas y pétalos sobre el papel. Las hojas y los pétalos conservarán el brillo y los colores durante meses.

Necesitas: Unas cuantas hojas pequeñas y no muy gruesas (Intenta encontrar hojas que sean lo más planas posible.)
Pegamento blanco
Pincel (opcional)
Papel
Papel de cocina
Horno microondas

Tú y el niño: Usando un pincel o los dedos, esparcís una delgada capa de pegamento blanco sobre un área del papel más grande que la hoja. Luego ponéis la hoja sobre el papel con el lado venoso vuelto hacia abajo y la alisáis con los dedos.
Después echáis un poco más de pegamento sobre la hoja. Trabajando desde el centro de la hoja hacia fuera, usad los dedos o un pincel para esparcir una delgada capa de pegamento sobre la hoja y el papel circundante.

! Si queréis, podéis repetir el procedimiento con otras hojas. Cuando todas las hojas hayan quedado pegadas en los lugares deseados, pon el papel encima de un trozo de papel de cocina, mételo en el microondas y caliéntalo entre 30 y 45 segundos, vigilando las hojas para que no se quemen.

Después deja transcurrir entre 10 y 15 minutos para que el pegamento se endurezca.

Variación: También puedes usar flores de pétalos delgados (margaritas, caléndulas, girasoles, etc.). Separad los pétalos y, siguiendo las instrucciones anteriores, pegadlos al papel para que formen un dibujo de vuestra elección. Los niños mayores quizá quieran colocarlos para que formen una flor, y los más pequeños quizá prefieran disponerlos a su manera.

Observación: Algunos pétalos pueden cambiar de color a medida que se vaya secando el pegamento.

Ideas: Estos cuadros de flores pueden usarse para hacer anotaciones o para decorar (añadiéndoles un marco hecho con papel de embalar), y también son un bonito regalo.

▲ Árbol con hojas

Necesitas: Unas cuantas hojas pequeñas
Un papel blanco grande
Rotulador negro o marrón, pinturas al temple o papel de embalar
Pegamento o cola (si vais a recortar un árbol de papel)
Experiencia en la preparación de **Huellas con pinturas** (p. 61)
o **Pétalos y hojas relucientes** (p. 63)

Tú y el niño: Dibujáis, pintáis o recortáis un tronco de árbol con las ramas desnudas. (1)
Utilizando una de las dos técnicas mencionadas o ambas, llenáis de hojas las ramas vacías. (2)

Observación: Las hojas pueden ser del mismo tipo o distintas. Las huellas pueden ser de un solo color o de varios. Si disponéis de pétalos, llenar las ramas con pétalos relucientes siempre resulta muy divertido.

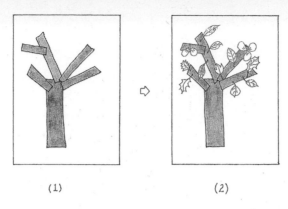

(1)   (2)

●■▲   Hojas soleadas

Necesitas: Unas cuantas hojas bonitas que sean lo más planas posible: hojas otoñales, helechos, hojas de formas interesantes, quizá algunos pétalos de flores para añadir color
Vinilo autoadhesivo transparente (puedes encontrarlo en papelerías y grandes almacenes)
Tijeras

Tú y el niño: Cortáis dos trozos de vinilo. (Un cuadrado de 15 cm de lado es un buen tamaño para empezar.)
Después quitáis el dorso de uno de los trozos de vinilo y colocáis las hojas, con los lados lisos vueltos hacia arriba, sobre la superficie adhesiva. (1)

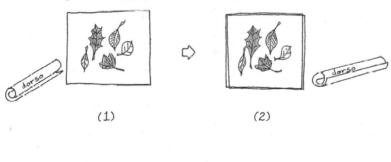

(1)   (2)

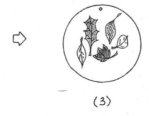

(3)

Luego lo cubrís con el segundo trozo de vinilo, alisándolo para eliminar las burbujas de aire. (2)

Igualad los bordes, escoged una ventana soleada y colgadlo o sujetadlo con cinta adhesiva. (3) Cuando haga sol, las hojas se llenarán de colores.

Variación ventana de jardín: Disponed las hojas y los pétalos, con los lados lisos vueltos hacia abajo, sobre un trozo de vinilo autoadhesivo transparente. Después pegad el vinilo directamente sobre una ventana soleada para crear una ventana de jardín. (Quitar el vinilo del cristal es fácil, pues basta con tirar un poco para arrancarlo.)

Observación: Usad **Hojas lacadas** (abajo) para crear colores otoñales que durarán meses.

■▲ ## Hojas lacadas

Esta técnica sencilla y rápida hace que las hojas otoñales conserven el brillo y el color durante meses.

Necesitas:
Hojas otoñales recién caídas
Pegamento blanco
Pincel de pelo blando (opcional)
Papel encerado
Horno microondas

Tú y el niño: Cubrís vuestra superficie de trabajo con una hoja de papel encerado y extendéis una capa de pegamento muy delgada sobre la parte delantera de cada hoja. La mejor manera de hacerlo es colocando la hoja sobre el papel encerado, echando un poquito de pegamento y esparciéndolo luego con el dedo.

! Cuando tengáis entre cuatro y seis hojas cubiertas de pegamento, transfiérelas a una hoja de papel encerado limpio y caliéntalas en el microondas durante unos 15 segundos, vigilando que no se quemen. Una vez las hayas sacado del microondas, comprueba que el pegamento esté seco. Quita las hojas resecas y calienta las hojas restantes durante unos segundos, repitiendo el proceso hasta que se hayan secado del todo.

Girad las hojas y extended una delgada capa de pegamento sobre el otro lado. Después repite el procedimiento con el microondas, vigilándolas para que no se quemen.

Observación: La capa de pegamento pasado por el microondas mantendrá el brillo y el color de las hojas durante meses. Úsalas en **Hojas soleadas** (p. 65), **Cartón de huevos floral** (abajo) o ponlas en un cuenco para obtener un centro de mesa otoñal.

●■ Cartón de huevos floral

Necesitas: Unas cuantas hojas otoñales cuyos tallos tengan una longitud mínima de 2 cm
Un cartón de huevos
Tijeras
Lápiz de punta afilada
Rotuladores o pinturas al temple

Tú: Cortas la tapa del cartón y la sección delantera y las tiras, y luego recortas una sección de cuatro contenedores de la parte inferior del cartón. (1)

El niño: Usa rotuladores o pinturas para adornar la parte exterior del cartón.

(1)   (2)

! Tú: Usando la punta del lápiz, haces un agujero en el centro de cada contenedor. (1)

Tú y el niño: Ayuda al niño a introducir los tallos de las hojas en los agujeros. Después el ramo de hojas puede ser usado como centro de mesa o adorno. (2)

Observación: Para obtener un ramo de hojas más duradero, usad **Hojas lacadas** (p. 66)

●■▲ Corona de hojas

Necesitas: Plato de papel
Tijeras
Lápiz de punta afilada o punzón
Entre 15 y 20 hojas cuyos tallos tengan una longitud mínima de 2 cm
Cinta adhesiva transparente

El niño: Dispone las hojas según el tamaño, yendo de mayor a menor. (Los niños pequeños necesitarán ayuda.)

! Tú: Das la vuelta al plato y usas el lápiz para hacer agujeros por todo el borde, tal como muestra el dibujo. (1) Los agujeros deberían estar separados por entre 2 y 5 cm, dependiendo del tamaño de las hojas.
Recortas el centro del plato para que el niño pueda ponérselo en la cabeza como si fuera una corona. (2)
Examina las hojas para asegurarte de que no tienen insectos.

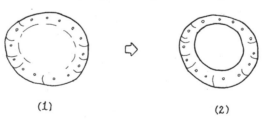

(1)   (2)

Tú y el niño: Las hojas más grandes irán en la parte delantera de la corona. Sosteniendo el plato con el fondo vuelto hacia arriba, escoged una hoja grande e introducid el tallo en uno de los agujeros. (3) Después doblad el tallo y sujetadlo a la parte inferior del plato con cinta adhesiva. (4)

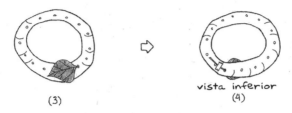

(3)　　vista inferior (4)

Escoged una hoja ligeramente más pequeña e introducid el tallo por el agujero siguiente, superponiendo las hojas. (5) Sujetad el tallo como antes. (6)

(5)　　vista inferior (6)

Seguid insertando hojas hasta cubrir la mitad de la corona. Entonces volved a la parte delantera de la corona e introducid el tallo de una hoja grande en un agujero vacío. La hoja debería estar vuelta hacia adelante y quedar ligeramente superpuesta con la primera hoja grande, tal como muestra el dibujo. (7)

Observación: Si usáis hojas muy grandes, quizá tengáis que dejar vacíos uno o dos agujeros en la parte delantera para que la corona no quede demasiado sobrecargada.

Tú y el niño: Repetís el procedimiento anterior, superponiendo hojas y pegando tallos, hasta terminar la corona. (8)

(7)　　(8)

● **Observa-** Con los niños pequeños, el adulto debería introducir el tallo en
ción el agujero y después el niño podrá mirar debajo del plato, localizar el tallo y tirar de él.

Variación Las hojas otoñales permiten obtener resultados particularmen-
otoñal: te bonitos. Si usáis **Hojas lacadas** (p. 66), vuestra corona de
otoño se conservará durante meses.

De paseo

*Ir a caminar no requiere tener un destino fijado de antemano. Coge unos cuantos suministros (ver **Antes de empezar**, p. 23), sal de casa y deja que el niño escoja el camino. La meta puede ser vuestro propio patio, el final de la calle, dar una vuelta a la manzana, el parque o cualquier otro lugar.*

Usa los ojos

Estos juegos supersencillos desarrollan el sentido de la observación al mismo tiempo que permiten practicar el alfabeto, la numeración y la identificación de colores. Dile al niño que mire a su alrededor y que ponga mucha atención en lo que ve. Cuanto más miréis, más cosas veréis.

●■▲   Recuento general

Este sencillo juego puede ser practicado en cualquier momento y lugar. Dependiendo de lo que haya a vuestro alrededor, el niño puede responder a preguntas como:

«¿Cuántas ardillas ves?»

«Veo dos flores amarillas. ¿Ves alguna más?»

«¿Podrías encontrar cuatro ramitas tiradas en el suelo?»

«¿Cuántos perros ves?»

«¿Podrías traerme tres guijarros? ¿Podrías traerme dos más?»

●■▲ Búsqueda de colores

Este juego también puede ser practicado en cualquier sitio. Mientras andáis, el niño puede ir respondiendo a cualquier clase de preguntas relacionadas con el color:

«¿Podrías señalarme todas las cosas rojas que veas?»

«¿Ves ese pájaro azul? ¿Ves algo más que sea azul?»

«¡Mira cuántas hojas verdes! ¿Ves alguna hoja que no sea verde? ¿De qué colores son?»

«Tu camisa es marrón. ¿Ves algo más que sea marrón?»

«¿De qué color es el cielo hoy? ¿Siempre es de este color?»

▲ A de árbol, B de bosque

Evita las letras menos frecuentes, como la Q, la X y la Z, escogiendo al azar letras del alfabeto aplicables a aquello con los que os vayáis encontrando. Limítate a un objeto por letra, o intenta encontrar montones de cosas que empiecen por la misma letra:

L de lago, limón, liquen o libélula.

S de sol, señora, sandía o saltamontes.

H de hierba, hotel, hombre, o haya.

M de musgo, margaritas, mica o melones.

Si quieres que el juego se vuelva realmente difícil, prueba a utilizar las letras del nombre del niño.

L de lagartija.

U de uvas.

I de insecto.

S de sauce.

Observación: Si algunas letras te parecen demasiado difíciles, siempre puedes usar reglas menos estrictas. Por ejemplo, la J podría ser para jugar sobre la hierba.

■▲ ¿Natural o artificial?

Mientras andáis, ve señalando cosas y habla de si son naturales o han sido hechas por personas y máquinas:

Un árbol es natural.
Un coche ha sido hecho por personas y máquinas.
Una roca es natural.
La acera ha sido hecha por personas y máquinas.
Una ardilla es natural.
Una nube es natural.
Un carámbano es natural.
Un banco de parque ha sido hecho por personas y máquinas.

●■▲ Círculos, cuadrados y triángulos

Buscad círculos, cuadrados y triángulos mientras camináis. Estas formas resultan muy difíciles de encontrar en la naturaleza. Cuando el niño encuentre una, comentad si el objeto es natural o manufacturado. Explica al niño que las máquinas pueden hacer que todo lo que fabrican sea idéntico, mientras que en la naturaleza todo es distinto.

Círculos que podéis encontrar: el sol, un charco de lluvia, un reloj, un guijarro redondo, los faros de un coche, el centro de ciertas flores, un nudo en la madera de un árbol, la luna llena.

Cuadrados que podéis encontrar: cuadrados en la acera, grietas en un peñasco, ventanas, algunas señales de tráfico, barro seco, trozos de hielo.

Triángulos que podéis encontrar: la mejor manera de encontrar triángulos al aire libre es tumbarse de espaldas y alzar la mirada hacia las ramas de un árbol. También podéis buscar trozos de hielo, grietas en una roca o cometas.

De excursión

▲ Norte, sur, este y oeste

Tú: Explicas que el sol sale por el este y se pone por el oeste.

Tú y el niño: Salís de casa una mañana soleada y os quedáis quietos con el hombro derecho dirigido hacia el sol. Ahora estáis encarados hacia el norte. El este queda a la derecha y el oeste a la izquierda, y el sur está detrás de vosotros.
Determinad hacia dónde está orientada la fachada de vuestra casa. Determinad qué dirección debéis seguir para ir a la tienda, el parque de juegos o la casa de un vecino.

Variación para interiores:	Después de haber desayunado un día soleado, podéis determinar direcciones dentro de vuestra casa. Seguid las instrucciones anteriores para averiguar dónde quedan el norte, el sur, el este y el oeste. Hablad de cómo está situada vuestra casa:

- Cuando salís a la calle, ¿qué dirección estáis siguiendo?
- Cuando miras por la ventana del dormitorio del niño, ¿en qué dirección estás mirando?
- ¿Qué ventanas reciben los primeros rayos del sol?
- ¿Qué ventanas recibirán los últimos rayos del sol poniente?

●■▲ Aventura con cordel

Prepara una aventura con cordel en vuestro patio o cuando tú y el niño podáis disponer de un rincón del parque o el campo de juegos. Intenta prepararla de antemano, o cuando el niño esté distraído, para que así el destino final sea una sorpresa.

Necesitas: Ovillo de cordel resistente
Golosina o caramelo

Tú: Atas un extremo de un trozo de cordel largo a un punto de partida (puerta principal, árbol). Después vas de árbol a árbol o de objeto a objeto, envolviendo cada punto con el cordel. Repite la operación con un mínimo de entre ocho y diez puntos, y luego esconde una golosina o caramelo al final del cordel.

El niño: Sigue el cordel de un punto a otro hasta llegar a la meta final. Los niños pequeños quizá quieran sostener el cordel mientras andan. Los mayores pueden ir enrollándolo alrededor de una cajita o trozo de cartón mientras caminan.

▲ Variación para niños mayores: Crea una aventura con cordel en forma de pista de obstáculos, subiendo y bajando el cordel por un tobogán, metiéndolo por entre los arbustos o los columpios o tendiéndolo alrededor de los árboles.

■▲ Señales en los caminos

Durante un paseo o excursión, id dejando señales mientras camináis para que os ayuden a volver a casa, para guiar a los amigos que puedan seguir vuestros pasos, o sencillamente para divertiros.

Necesitas: Rocas, ramitas o tiza, dependiendo del lugar y la época del año.

Tú y el niño: Usáis como sugerencias las señales de los dibujos, o inventáis vuestras propias señales para ir dejándolas por el camino, especialmente en los cruces.

Un montoncito de rocas significa «**Esto es el camino**».

Éstas son formas de indicar un **giro a la derecha.**

Éstas son formas de indicar un **giro a la izquierda.**

Esta señal significa **da ocho pasos hacia la izquierda.**

Poned ramitas o rocas en el centro del camino para decir «**Alto. Ir en dirección contraria**».

Ésta señal significa **final del camino.**

También podéis dibujar flechas de tiza sobre una acera, o usar una ramita para hacer señales en el suelo o en la nieve.

●■▲ Andar como los indios

Los indios siempre han sentido un gran respeto por la naturaleza. Antiguamente, una de sus muchas artes era la de andar tan silenciosamente que los animales no les oían acercarse. La usaban cuando estaban cazando, y también cuando querían observar animales sin molestarlos o sin que se asustaran y huyeran.

Tú y el niño: Dais un paseo intentando moveros sin hacer ruido. Experimentad con distintas superficies (hierba, hojas, grava, nieve, acera, suelo, alfombra).

Experimentad con distintos tipos de calzado (zapatos, sandalias, botas, zapatillas deportivas, o yendo descalzos).

Como variación, podéis jugar a **El juego de las hojas crujientes**, p. 56.

Puente sobre las aguas

Esta actividad para niños pequeños sólo necesita un puente, un arroyo y un sendero, pero cuando los encuentres, el niño puede disfrutar de muchas horas de diversión. Recuerda que el niño siempre debe estar supervisado por un adulto.

! Tú y el niño: Buscáis un puente exclusivamente para peatones que atraviese un riachuelo o arroyo y recogéis un buen montón de ramas. Después haz que el niño tire una rama río arriba, vaya corriendo al otro lado del puente y vea cómo la rama reaparece y se aleja. Repetid el juego cuantas veces queráis o hasta que os quedéis sin ramas.

●■▲ Buscando cosas

Tú: Inventa tus propias listas según la estación, el sitio y la edad de tus cazadores. Los niños muy pequeños agradecerán la compañía de un cazador de mayor edad. Escribe tu lista o dibuja los objetos a buscar. Los niños pueden recogerlos o limitarse a poner una marca junto a cada objeto que encuentren. Los niños pequeños quizá quieran tocar todos los objetos de una lista de dibujos. Aquí tienes algunos ejemplos de listas:

Primavera	*Verano*	*Otoño*	*Invierno*	*Niños pequeños (dibujos)*
hoja verde	flor azul	hoja roja	carámbano	hierba
diente de león	roca blanca	bellota	hoja marrón	árbol
roca negra	arena	flor seca	muñeco de nieve	flor
petirrojo	pájaro azul	ardilla	trozo de hielo	sol
narciso	flor roja	piña de pino	pajarillo	hoja
charco	mariposa	hoja amarilla	bola de nieve	diente de león

●■▲ Safari de animales salvajes

Observación: *El niño aprenderá a reaccionar ante la naturaleza siguiendo tus reacciones. Si te asustan los insectos, quizá deberías escoger otra actividad. Además, asegúrate de que el niño ha entendido que todo lo que sea capturado en este safari deberá ser puesto en libertad al final del día.*

HERRAMIENTAS PARA LA CACERÍA:

▲ Cazamariposas

Necesitas: Un metro cuadrado de tela del tipo gasa
Un colgador de alambre blanco

Cinta adhesiva
Aguja e hilo
Clavija, vara o palo de 1 m de longitud

Tú: Abres el colgador, le das forma circular y enderezas el asa. (1)
Después doblas la tela por la mitad y coses el fondo a un lado,
tal como indica el dibujo. (2)

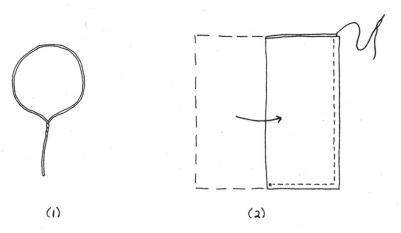

(1)   (2)

Coge la red, vuélvela del revés y déjala caer dentro del círculo
de alambre. Dobla el borde por encima del círculo y cóselo en
la posición deseada. (3)
Une el asa del colgador al extremo del palo con cinta adhesiva. (4)

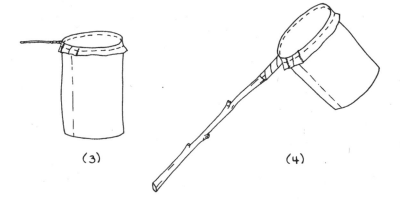

(3)   (4)

●■▲ Tarro de recogida

Usad un tarro de cristal de boca grande para guardar insectos y poder observarlos, y recuerda que al capturarlos y examinarlos siempre debéis ir con mucho cuidado. Las abejas tienen el cuerpo bastante blando, y los insectos alados se dañan con facilidad. Si planeas observarlos durante cosa de una hora, haz agujeritos en la tapa del tarro. Asegde liberar a los insectos en un sitio parecido a aquel en el que fueron capturados.

■▲ Papel y lápices de colores

Los fotógrafos que hacen safaris en África cazan con una cámara. El niño puede usar papel y lápices de colores para dibujar lo que ve o lo que hayáis capturado para observarlo durante un rato.

●■▲ Binoculares (auténticos o de fabricación casera, p. 29)

●■▲ Qué buscar

Consejos para la caza: Practicad el **Andar como los indios**, p. 79.
Advierte al niño de que debe mirar arriba, abajo y a lo lejos, y que debe estar muy atento.
No olvidéis mirar debajo de las piedras o troncos podridos para ver si esconden algo.
Repasad los **Consejos de seguridad**, p. 21.

Animales salvajes que podéis buscar y capturar: mariquitas, hormigas, saltamontes, grillos, mariposas, polillas, orugas, gusanos, escarabajos, renacuajos, ranas, sapos, cangrejos pequeños.

! Animales salvajes que podéis buscar pero que no deben ser capturados: ardillas, pájaros, libélulas, típulas, arañas, abejas, serpientes, cangrejos herradura, salamanquesas, estrellas de mar, cangrejos ermitaños, bígaros, peces, lagartos, patos, gansos, perros, gatos.

Casas de animales:	Buscad hormigueros, nidos de pájaros, madrigueras de ardillas, agujeros de roedores en el suelo, telarañas, avisperos e, incluso, casetas para perros.
Cacería de personas:	Si estáis cazando en una zona donde no hay animales, podéis cazar personas. Haz una lista de personas a las que buscar: una señora con un sombrero rojo, una pareja cogida de la mano, un señor con paraguas, un joven que lleve zapatillas deportivas, un ciclista, un agente de policía.
Cacería de tráfico:	Si no podéis salir de casa, intentad cazar desde una ventana que ofrezca una buena vista de la calle. Haz una lista de posibilidades y ayuda al niño a localizarlas desde la habitación: coche amarillo, grúa, convertible, ciclista, motocicleta, taxi, camioneta, coche de la policía, un caballo y un carruaje, un camión de bomberos.

Paseos nocturnos

Si vivís en el extrarradio o en una zona rural, los paseos nocturnos son una buena forma de que el niño aprenda a no temer a la oscuridad. Pasead cogidos de la mano, percibiendo los distintos sonidos y visiones de la noche. Cuando os paréis para mirar o escuchar, abraza al niño o súbetelo al regazo.

●■▲ Paseo con linternas

Necesitas:	Una linterna para cada caminante nocturno
Tú y el niño:	Los niños pequeños siempre preferirán mantenerse cerca de casa porque eso les permite explorar territorios familiares. No intentes obligar al niño a ir demasiado lejos o a permanecer

demasiado tiempo al aire libre. Normalmente suele bastar con un paseo por el patio o alrededor de la casa.

Ideas:
- Contemplar desde fuera el interior de vuestra casa iluminada siempre resulta muy divertido.
- Usad las linternas para iluminar objetos familiares que estén fuera de la casa, como juguetes, bicicletas o muebles de jardín.
- Observad cómo los objetos pierden el color en la oscuridad, pero lo recuperan enseguida apenas los iluminamos.
- Si hay niebla, dirigid el haz de la linterna hacia el cielo y ved hasta dónde llega.

- Si hace frío y podéis ver vuestro aliento, respirad dentro del haz de la linterna para crear un efecto de humo. Dirige la linterna hacia el cielo nocturno mientras tú y el niño respiráis dentro de su haz.

●■▲ Contemplar las estrellas

Necesitas: Una noche despejada lejos de las luces de la ciudad. Si estáis en vuestro patio, acuérdate de apagar la mayor parte de las luces de la casa. Las estrellas siempre se ven mejor en las noches de poca o ninguna luna.

Tú y el niño: Buscáis un sitio cómodo y alzáis los ojos hacia el cielo nocturno. A medida que vuestros ojos se vayan acostumbrando a la oscuridad veréis aparecer cada vez más estrellas.

●■▲ Noche de paz

Tú y el niño: Escoge una noche en la que el niño esté lo suficientemente tranquilo para poder permanecer sentado durante un rato sin hacer ruido. Busca un sitio cómodo en vuestro patio o en el porche, y dedicaos a escuchar atentamente los sonidos nocturnos que resuenan a vuestro alrededor. ¿En qué se diferencian de los sonidos diurnos? ¿Hay menos tráfico? ¿Oís cantar a los pájaros? ¿Oís grillos? ¿Oís búhos? Las noches de verano suelen ser bastante ruidosas, mientras que las noches de invierno pueden ser casi totalmente silenciosas.

●■▲ Paseo bajo la luna llena

Tú y el niño: Salís a pasear una noche despejada en la que haya luna llena. Dad un poco de tiempo a vuestros ojos para que se acostumbren a la oscuridad (nada de linternas), y os asombrará ver la claridad que hay y la de cosas que podéis llegar a ver. Tratad de salir a pasear una noche de invierno despejada en la que la luna llena se refleje en la nieve. La claridad es deslumbrante. Los niños mayores pueden pasarlo en grande estudiando la superficie de la luna a través de unos binoculares.

Y no os olvidéis de saludar a ese sonriente Hombre de la Luna.

¿Qué tiempo hace?

Días soleados

●■ Yo hago, tú haces

Ponte junto al niño con la espalda vuelta hacia el sol. Mirando únicamente vuestras sombras, pide al niño que haga que su sombra imite lo que está haciendo la tuya. Por ejemplo, agita la mano derecha. Sigue agitándola mientras el niño determina qué mano ha de agitar y luego ve el éxito cuando las dos sombras se mueven al mismo tiempo.

El próximo movimiento puede ser describir un círculo con los brazos haciendo que las puntas de los dedos se toquen por encima de tu cabeza. Mantén la posición mientras la sombra del niño imita los movimientos de la tuya.

Después inclínate hacia la derecha. Inclínate hacia la izquierda. Agita ambas manos en el aire.

Este juego es ideal para que los niños mayores lo practiquen en compañía de otros niños mas pequeños.

Sombras sigilosas

Este sencillo juego es ideal para los niños pequeños. Ponte de espaldas al sol, haz que el niño se coloque delante de ti y explícale que su sombra se está escondiendo. Después el niño puede extender los brazos y las piernas o estirar la cabeza hacia un lado y ver cómo la sombra sale de su escondite.

Ser el alfabeto

A los niños que están aprendiendo el alfabeto quizá les divierta hacer letras con las sombras. Con la espalda vuelta hacia el sol, las piernas juntas y las manos a los costados, forman la letra I. Las piernas juntas y los brazos extendidos forman la letra T. Otras letras fáciles son la F, la P, la X y la Y. Las letras a formar usando únicamente los brazos son la C, la D, la J, la L, la O, la U y la V.

●■ Pisando sombras

Jugad a este juego por la mañana o por la tarde cuando el sol esté bajo en el cielo y las sombras sean largas.

Empieza poniéndote de espaldas al sol. Explica al niño que él es el pisoteador, y que su misión consiste en pisar cualquier parte de tu sombra que se esté moviendo. Después, con los brazos y las piernas extendidos, agita la mano derecha. ¡Pisotón! Menea el pie izquierdo. ¡Pisotón! Si quieres, puedes añadir un poco de emoción extra al juego chillando «¡Ay!» cada vez que tu sombra reciba un pisotón.

■▲ Perseguir sombras

Éste es un juego para un grupo de niños en un día de sol. Un niño persigue a los demás e intenta pisarles las sombras, y es relevado por el primer niño cuya sombra consiga pisar.

■▲ Artista de los días soleados

Si quieres ser un artista de los días soleados, necesitas un pavimento liso y montones de tizas. El mejor momento del día es cuando el sol está bastante alto en el cielo, ya que entonces las sombras no serán excesivamente largas y distorsionadas.

Haz que el niño se quede quieto con la espalda vuelta hacia el sol para que puedas reseguir los contornos de su sombra con una tiza. Después tú y el niño podéis divertiros añadiendo rasgos faciales, ropa, joyas, una cometa suspendida de un cordel, etc. Las tizas de colores proporcionan resultados más vistosos, pero no son esenciales.

Los niños mayores pueden tratar de reseguir tu sombra, o tú y el niño podéis buscar sombras que reseguir juntos. Algunas sugerencias: un amigo, un rastrillo, una bicicleta, una silla de jardín, o un animal de peluche que ha salido a dar un paseo porque quería ser dibujado.

Véanse también: **Ciencia para días soleados,** p. 189, y **Norte, sur, este y oeste,** p. 76.

Juntos cuando hace mal tiempo

■▲ Sacudir los árboles

¡Sólo para bromistas y niños con sentido del humor!

Después de un chaparrón y cuando el cielo se haya despejado, poneos los impermeables e id a pasear por una zona llena de árboles. Camina un poco por delante del niño y, cuando pases junto a un arbolito, sacúdelo suavemente. El niño, que te estaba siguiendo, verá cómo el arbolito le llueve encima.

Cuando hayáis dejado de reír, enseña al niño cómo ha de sacudir los troncos delgados para que te lluevan encima. Después, y con la capucha del impermeable subida, el niño puede sacudir árboles y dejar que le lluevan encima, o sacudir un árbol mientras tú pasas junto a él.

Después de la tormenta

Después de una buena tormenta con mucho viento, id a dar un paseo para observar sus efectos. Los niños pequeños tienen la altura ideal para inspeccionar los charcos, las hojas caídas y las ramas arrancadas. Buscad muebles de jardín caídos o tapas de cubos de basura que hayan sido arrastradas por el viento. Pregunta al niño de dónde han salido todas esas hojas caídas o por qué cree que se cayó esa rama.

Juego de fingir: En casa, pon en equilibrio unos cuantos objetos altos y delgados encima de una superficie plana. Los rotuladores, lápices de colores o tubos de rollos de papel higiénico van muy bien. El niño puede ser el Gran Viento del Norte y derribarlos a soplidos. Véase también: **Ser un árbol**, p. 54.

Saltar dentro de los charcos

Después de una tormenta, dile al niño que se ponga unos pantalones viejos, las botas y un impermeable e id en busca de charcos dentro de los que saltar. El propósito del juego es conseguir que esas botas hagan grandes salpicaduras. Este juego, que permite que los niños se mojen a propósito, hará que sonrían de oreja a oreja. Cuando cada charco haya recibido su ración de saltos, volved a casa, cambiaros de ropa y tomaros una buena taza de algo caliente.

Véase también: **Tiro al charco**, p. 175.

●■▲ Orejas al viento

Esta sencilla actividad relacionada con el tiempo requiere un día de mucho viento.

Después de haber escogido el sitio más ventoso que puedas encontrar, poneros de cara al viento. Escuchad cómo ruge junto a vuestros oídos. Después girad rápidamente la cabeza hacia un lado. El ruido del viento desaparece. Volved a poneros de cara al viento, y el ruido volverá a sonar.

●■▲ Cuando llueve a cántaros

En cuanto llegue el próximo chaparrón, poneros los impermeables y las botas, coged el paraguas y salid de casa. Oír llover desde debajo de un paraguas es muy agradable, y si conseguís encontrar alguna cornisa que esté chorreando agua, tanto mejor.

Truenos estruendosos

Cuanto antes le enseñes al niño que no debe tener miedo de los truenos, tanto mejor. Los juegos siguientes le harán reír y le enseñarán a no temer las tormentas.

●■▲ Contando truenos

Busca un sitio cómodo junto a una ventana desde la que podáis contemplar la tormenta. Apenas veáis un relámpago, empezad a contar juntos: «Un hipopótamo, dos hipopótamos...». (También puedes escoger un polisílabo distinto, naturalmente: rinoceronte, televisión, cachivache.) Seguid contando hasta que oigáis el trueno. A medida que se aproxima la tormenta, el intervalo entre el rayo y el trueno se va acortando. Cuando la tormenta se aleja, el intervalo entre el rayo y el trueno se va volviendo cada vez más largo.

Contar ayudará a que el niño tenga la sensación de que controla la tormenta, y eso calma y relaja. Cuando veas que la tormenta empieza a alejarse, incluso podrías saludar al cielo con la mano y decir «¡Adiós, trueno! ¡Ya nos veremos!».

Observación: A los niños mayores quizá les interese saber que el rayo y el trueno se producen al mismo tiempo. Como la luz viaja más deprisa que el sonido, el rayo llega antes que el trueno.

● ■ ¡Barrabúm!

Escenifica una tormenta imaginaria dentro de casa. Empieza con la tormenta todavía muy lejos. Enciende y apaga las luces de la habitación un par de veces o usa una linterna para el rayo. Después tú y el niño contáis «Un hipopótamo, dos hipopótamos...», como se explica en **Contando truenos** (p. 96). Cuando llegue el momento del trueno, el niño puede gritar «¡Barrabúm!» tan alto como pueda o golpear unas tapas de cacerola para meter todavía más ruido. A medida que la «tormenta» se aproxime, los truenos tardarán menos tiempo en seguir al rayo. Después, cuando la tormenta se aleje, habrá menos rayos y truenos más débiles. Cuando la tormenta de interiores haya llegado a su fin, podéis celebrarlo con unos cuantos vítores, un caramelo o un juego.

▲ ¿Cuántos?

Cuando oigas el primer trueno de una tormenta, pregunta al niño cuántos truenos cree que oiréis durante la tormenta (o cuántos cree que oiréis durante los próximos diez minutos, por ejemplo). Anota los pronósticos de todos los miembros de la familia, y después ayuda al niño a llevar la cuenta de los truenos. Poner pegatinas en una página podría ser un extra, y también podéis dibujar una cara sonriente o un sol cada vez que oigáis tronar.

Si tu pronóstico es muy alto, podrías decir «¡Oh, espero que haya tres truenos más para que pueda ganar el juego!».

Véanse también **Tiro al charco**, p. 175, y **¿Está limpia la lluvia?**, p. 181.

```
¿CUÁNTOS?
Lucía 5
Pablo 100
Mamá 2
Papá 8½

☺   ☺   ☺   ☺
    ☺
```

¡Brrrrr! (Nieve y frío)

■▲ Cacería para madrugadores

Después de una nevada nocturna, salid a pasear en cuanto haya amanecido. Buscad huellas en la nieve e intentad imaginar qué animal las ha dejado. Las huellas de ardilla van de un árbol a otro, y huellas más pequeñas podrían ser de ratones de campo. Unas huellas más grandes podrían haber sido dejadas por un tejón, un zorro, un gato o un perro. Si vivís en una zona boscosa, podríais encontrar huellas de ciervo. Si tenéis una mascota que haya salido de casa todavía más temprano que vosotros, tratad de seguir sus huellas para averiguar adónde va cuando sus amos todavía no están despiertos.

■▲ Huellas en la nieve

Inventa huellas nuevas y distintas que dejar en la nieve. (El niño quizá necesite tu ayuda mientras salta y da brincos sobre la nieve.)

Prueba con **huellas de saltos.**

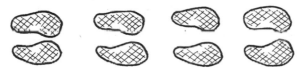

Prueba con **huellas de saltar a la pata coja.**

Prueba a combinar los **saltos** y el **saltar a la pata coja.**

Prueba con **huellas de andar de lado.**

Prueba con **huellas de arrastrar los pies.**

Inventa tus propias **huellas locas.**

Probad a dejar una larga serie de huellas, cambiando de técnica cada cuatro pasos.

▲ Mensaje gigante

El niño elige una figura o mensaje de una palabra para trazarlo con los pies sobre la nieve de vuestro patio. Los niños mayores podrán escribir el mensaje sin ayuda, pero los más pequeños agradecerán una guía. En cuanto el niño haya optado por una palabra o imagen, puedes abrir un sendero para que lo siga, o el niño puede ir delante, contigo detrás y guiándolo suavemente cuando sea necesario.

En cuanto el mensaje esté terminado, podréis admirarlo desde una ventana del piso de arriba.

▲ El truco de esquivar el árbol

¡Esta pequeña broma dejará perplejo a quien intente seguir vuestras huellas!

Los árboles ideales son los de tronco delgado y alto. Quizá desees hacer una pequeña demostración antes, y después el niño podrá ejecutar el truco por sí solo.

Ve hacia el árbol elegido dejando huellas lo más claras posibles sobre la nieve. Después, agarrándote al árbol para no perder el equilibrio, deja una huella bien clara a cada lado del tronco. Finalmente, y procurando no borrar las huellas, sosténte sobre un pie y desliza la otra pierna entre tu cuerpo y el tronco, y así podrás alejarte del árbol.

●■▲ Ángeles de nieve y niños de nieve

Si vas bien abrigado, tumbarte de espaldas sobre la nieve resulta muy divertido. Estira los brazos y las piernas y muévelos de un lado a otro para hacer un ángel de nieve. Un movimiento más reducido creará un niño de nieve. Ambos pueden ser adornados con una cara, botones de chaqueta, un cinturón y muchas cosas más mediante guijarros, ramitas o, incluso, colorante alimentario.

■▲ Serpiente de nieve/Pulpo de nieve

Si vais a hacer esculturas de nieve, ¿por qué no ir más allá del típico muñeco? Una elección ideal para empezar es una larga serpiente de nieve. Podéis construirla a partir de un montón de bolas de nieve medianas, o limitaros a amontonar la nieve en una larga curva de serpiente. Adornad la cabeza con rocas para los ojos y una ramita en forma de Y para la lengua. También podéis usar guijarros, ramitas o colorante alimentario para añadir más detalles.

Los escultores de nieve más experimentados quizá deseen hacer un pulpo de nieve. Empujad una gran bola de nieve hasta el centro del patio, y después id formando largas patas a partir de la bola.

Véanse también **Llega el invierno**, p. 114, y **Ciencia para días de nieve**, p. 192.

Hacer enormes muñecos de nieve es toda una tradición, pero para variar podríais probar con una colección de muñequitos. Los niños los encontrarán más fáciles de moldear, y así tendrán la satisfacción de hacer todo el trabajo o la mayor parte de él.

Escoge un día en que la nieve esté húmeda para que no os cueste tanto amontonarla, y haced muñequitos del tamaño del niño o más pequeños. Podríais empezar haciendo muñecos formados por tres bolas de nieve. Disponedlos en hilera, en círculo o en grupos. Colocadlos encima de bancos, mesas y troncos, o llevadlos a pasear en vuestro trineo. Adornadlos con ramitas, guijarros, una bufanda o un sombrero.

¡Vamos a la playa!

! *El agua ofrece infinitas posibilidades de diversión, pero también encierra ciertos peligros potenciales. La supervisión de los adultos es necesaria **en todo momento**.*

●■▲   Un paseo por la playa

Si habéis ido al mar podríais dar un paseo por la playa aprovechando la marea baja, ya que ése es el momento en que hay más cosas que encontrar y más playa para recorrer. Explica al niño que lo que encuentras en la playa refleja los tipos y cantidades de cosas que hay en el mar. Ciertas playas se llenan de algas y cangrejos mientras que otras acaban llenas de conchas y guijarros negros. (Véanse **¿Qué es la arena?**, p. 108, y **¡Cuidad nuestro planeta!**, p. 197.)

Encontrad y seguid huellas de aves en la arena mojada. Comparad las pisadas de los adultos con las de los niños. Tratad de encontrar algún caracol, y ved cómo deja un rastro mientras viaja. Acercaos al mar y dejad que las olas os entierren los pies en la arena.

Si habéis ido a un lago, estanque o río, buscad patos, gansos, peces, ranas y sapos. Buscad signos de actividad de castores. ¿Hay tocones mordisqueados junto a las aguas? ¿Hay alguna presa de castores cerca? Busca piedras que puedan rebotar en la superficie del agua (redondas y planas), y luego lánzalas de tal manera que salten sobre las aguas mientras el niño cuenta los rebotes. Lanzad rocas, escuchad los chapoteos y ved cómo van apareciendo anillos en las aguas. (Véase **Anillos de agua**, p. 186.)

En los ríos o arroyos, tirad ramitas al agua y ved cómo se alejan flotando sobre la corriente. (Véase **Puente sobre las aguas**, p. 80.) Explorad las orillas en busca de pequeñas cascadas, musgos y rocas alisadas por el agua.

●■▲ Los estanques de la marea

! **Advertencia de seguridad:** *Recuerda a los niños que siempre deben tener mucho cuidado cuando estén jugando o explorando cerca del mar. Las rocas mojadas o recubiertas de algas son muy resbaladizas. Las olas son impredecibles. No permitas que el mar te pille por sorpresa.*

Id a la playa durante la marea baja y buscad los estanques de la marea, esos laguitos de agua de mar acumulada detrás de las rocas o en la arena que suelen estar repletos de vida marina.

Los estanques de la marea son un buen ejercicio para los ojos. A veces encontrar algo especial en el agua exige paciencia y una minuciosa búsqueda. Los adultos pueden levantar las rocas para ver qué se esconde debajo de ellas.

Dependiendo del lugar, podéis encontrar algas, cangrejos, caracoles marinos, percebes, cangrejos ermitaños, estrellas de mar, anémonas, gambitas y peces minúsculos, lapas, erizos de mar o coral. Algunas de esas criaturas pueden ser cogidas con mucho cuidado y examinadas, pero asegúrate de devolverlas a su estanque después. No intentéis desprender de las rocas los percebes, estrellas de mar, lapas y animales similares, pues podríais hacerles daño.

●■▲ Cavar hasta el agua

Sentados a un par de metros de las olas, ayuda al niño a cavar un gran agujero. La arena del fondo se irá humedeciendo a medida que profundicéis y, finalmente, acabaréis llegando al agua. Alejaos un poco más del agua y cavad otro agujero. ¿Qué profundidad deberéis alcanzar para encontrar agua esta vez? Acercaos a las olas y cavad otro agujero. ¿Qué ocurre?

Podéis hacerlos junto al agua, allí donde la arena está particularmente mojada. Empieza cogiendo un poco de arena empapada. (La arena de grano fino es la que permite obtener mejores resultados.) Mantén la mano vuelta hacia abajo con el pulgar unido a los otros dedos y deja que la arena empapada gotee sobre el sitio en el que quieres levantar tu castillo. Si no gotea, la arena está demasiado seca y deberías recogerla un poco más cerca del agua.

Sigue recogiendo arena mojada y déjala caer en el mismo sitio. Acabarás formando un pequeño montículo con una delicada punta de arena en la cima. Continúa dejando caer arena sobre este punto y el castillo se irá haciendo más y más alto. Si sufre algún desmoronamiento ocasional, no te preocupes: sigue dejando caer arena y obtendrás un castillo con delicadas torretas de arena.

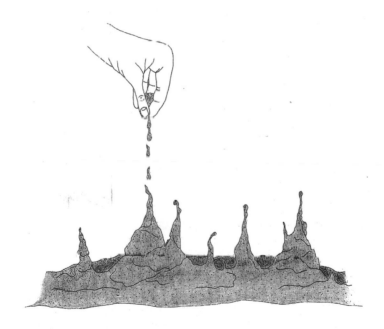

Cuando hayáis dominado la técnica, probad a construir una serie de castillos formando un círculo. Recoged la arena mojada del centro del círculo y acabaréis obteniendo una ciudad de castillos de gotas alrededor de un lago.

▲ Esculturas de arena

En vez del tradicional castillo de arena, ¿por qué no hacer una escultura de arena sencilla? Alisad un área de arena mojada y haced un pulpo de arena, una serpiente de arena, una tortuga de arena, ¡o un muñeco de nieve hecho de arena que está tomando el sol! Escoge formas sencillas para que el niño pueda hacer la mayor parte del trabajo, y después podréis adornar vuestra creación con guijarros, conchas, algas o ramitas.

Observación: Si hacéis una escultura de arena junto al mar, asegúrate de que el niño entiende que la marea acabará llevándosela tarde o temprano.

▲ ¿Qué es la arena?

Cuando vayáis a la playa, no olvides llevarte una lupa. Esparcid unos cuantos granos de arena sobre una tela (oscura para la arena clara; clara para la arena oscura) y estudiadlos a través de la lupa. Pide al niño que describa el aspecto de las partículas de arena. ¿Parecen pequeñas rocas? ¿Tienen bordes cuadrados, o son irregulares? ¿De qué colores son?

Recoged arena de distintas partes de la playa o, mejor aún, llevaos a casa muestras de distintas playas. Usad la lupa para examinarlas y comparad las distintas muestras. Hablad de cómo la arena de las playas océanicas revela lo que hay en el fondo marino. Algunas arenas son blancas, y otras son negras. Ciertas arenas están formadas por conchas diminutas.

●■▲ Piedras calientes

Este descubrimiento científico muy fácil de llevar a cabo sólo requiere un día caluroso y de mucho sol. Ayuda al niño a encontrar una piedra oscura o negra y una blanca o de colores claros. Poned las piedras al sol durante un rato y después deja que el niño las toque, sosteniéndolas en la palma de la mano o llevándoselas a la mejilla o al estómago. La piedra negra estará más caliente.

Explica al niño que los colores oscuros absorben el calor mientras que los colores claros lo reflejan. Por eso en verano es aconsejable vestir prendas claras para no tener tanto calor.

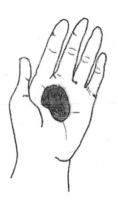 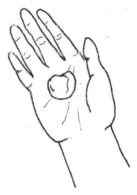

Collar de conchas

Buscad conchas que ya tengan algún agujero. Cuando las olas rompen una concha o la desgastan, siempre forman algún agujero. Ciertas conchas, como los caparazones de algunas lapas, ya crecen teniendo un agujero en ellas.

Lava una concha, sécala y pasa un cordel por el agujero. Después anúdalo y obtendrás un collar. Si tenéis varias conchas, haz un collar con tres, cuatro o cinco conchas repartidas a lo largo del cordel, tal como muestra el dibujo.

Naturaleza en interiores

Fiesta playera en casa

Esta actividad resulta especialmente divertida en un día oscuro y tormentoso o durante el invierno. También es una buena forma de salvar el día si la lluvia os ha impedido ir a la playa.

Tu fiesta playera en casa puede estar reservada a ti y al niño o abarcar a toda la familia o grupo de juegos. Los participantes llevan trajes de baño y extienden toallas de playa sobre el suelo para tumbarse o sentarse en ellas. Enciende todas las luces, y no olvides las gafas de sol y un protector solar que huela bien para reforzar la atmósfera de diversión playera. Pon música animada (a poder ser, usa un transistor o un tocadiscos portátil), y sirve bocadillos y limonada.

Para animar la fiesta, prueba con estos juegos y actividades:

Coger la pelota. Si no hay suficiente espacio para jugar a pelota, haced-la rodar de un jugador a otro o practicad lanzamientos.

Baloncesto playero. Los jugadores, sentados o arrodillados y vueltos los unos hacia los otros, intentan pasarse un balón sin permitir que toque el suelo.

Prácticas de natación. Practicad distintos estilos acostados en el suelo: braza, mariposa, estilo perrito, de espaldas.

Reparte lápices o rotuladores y papel para dibujar peces, estrellas de mar, conchas, el agua, embarcaciones y demás objetos playeros.

Cazar rayos de sol

Dependiendo de la hora del día, un lado de vuestra casa tendrá sol mientras que otro queda a la sombra. Id de una habitación a otra en busca de rayos de sol. Cuando el niño encuentre uno, sentaos en el suelo y disfrutad de su calor. El niño puede tocar primero el suelo soleado y luego el que está a la sombra para comparar temperaturas. En un frío día invernal, un rayo de sol es el sitio ideal para dibujar o leer un libro.

Véase también **Norte, sur, este y oeste**, p. 76.

Llega el invierno

Durante esos días invernales en que no podéis salir de casa, prueba a traer el invierno a tu hogar. Esta actividad resulta especialmente divertida para los niños pequeños sentados en una silla alta. Si lo desea, el niño puede llevar chaqueta y guantes para estar más a tono con el invierno.

Llena de nieve una fuente o un plato de plástico y reparte cucharas, pajitas, palitos de polo o juguetitos de plástico para jugar con la nieve dentro de casa. Después anima al niño a que sea creativo y haced muñecos de nieve en miniatura, torres, animales y túneles de nieve o una montaña nevada. Si están disponibles, el niño puede poblar sus creaciones con figuritas de plástico o juguetes.

Véase también: **Ciencia para días de nieve**, p. 192.

Safari de plantas domésticas

Si en vuestra casa hay plantas, tú y el niño podéis ir de una habitación a otra en un safari de plantas. Cuando entréis en una habitación, pregúntale si hay un poco de naturaleza en ella. También puedes preguntarle si ve algún arbolito, cuántas plantas puede encontrar o si puede enseñarte dónde están. Tú y el niño podéis recorrer la habitación buscando las plantas y contándolas.

Fíjate bien

Coged una hoja de cada planta de la casa, ponedlas encima de una mesa y comparadlas. ¿Hay alguna que tenga pelitos? ¿Son lisas? ¿Brillan? ¿Son grandes o pequeñas? Para más ideas, recurre a **Usa los sentidos** (p. 41) y **Sólo necesitas hojas** (p. 49). Después el niño podria tratar de determinar a qué planta corresponde cada una de las hojas.

Observación: Asegúrate de que el niño entiende que esta actividad es especial y que nunca debe arrancarles hojas a las plantas.

●■▲ Planta-mascota

Esta actividad imaginativa alegrará esos días en los que no podéis salir de casa. Pide al niño que escoja entre sus favoritas a una planta pequeña para que sea la planta-mascota de ese día, y poned nombre a la nueva mascota. El nombre puede describir una característica obvia (Tiesa, Peluda, Pequeñita, Rara), o podéis conformaros con escoger un nombre cualquiera que os haga gracia.

Ayuda al niño a transportar la planta-mascota de una habitación a otra mientras jugáis. Enseñadle la casa o el cuarto infantil. Deja que se siente en la mesa mientras el niño come. De hecho, ése es un buen momento para dar de beber a la planta.

Los niños pueden mantener conversaciones con sus plantas-mascota, y se sabe de casos en los que esas plantas han respondido en voz baja cuando se les hablaba. ¡Si acaba surgiendo un auténtico vínculo, el niño quizá quiera dormir con la planta!

Observación: Si tenéis suerte con las plantas domésticas, esta relación podría durar mucho tiempo. Tú y el niño podéis escoger una planta entre vuestras favoritas, comprar una nueva planta elegida por el niño o plantar un brote. Ayuda al niño en los cuidados diarios de su nueva mascota. Si disponéis del sitio suficiente, la planta-mascota puede vivir en la habitación del niño.

■▲ Cultivar brotes

Necesitas: Ocho o diez alubias secas (El tiempo de aparición de los brotes dependerá del tipo de alubias y de lo frescas que sean. Podéis

comprarlas en cualquier tienda de alimentación, y también podríais probar con habas, lentejas, guisantes y otras leguminosas.)
Un recipiente de boca grande (Los tarros de mayonesa o mantequilla de cacahuete van muy bien.)
Papel de cocina blanco
Agua

Tú y el niño: Metéis las alubias en un cuenco lleno de agua y las dejáis en remojo durante una noche.

Dobláis el papel hasta obtener una capa triple y recubrís el interior del recipiente con ella. (1)

Añadid unos 5 cm de agua al recipiente y esperad a que el papel haya absorbido el agua. Cuando el papel esté empapado, tirad el agua dejando un centímetro.

Colocad las alubias entre el papel mojado y el cristal, dejando unos 3 cm de separación entre ellas. (2)

Poned el recipiente cerca de una ventana donde no le dé el sol. Examinad el papel cada día para aseguraros de que sigue mojado. Las primeras raíces deberían empezar a aparecer pasados dos o tres días. Las raíces irán creciendo, y las primeras hojas deberían aparecer pasada una semana. (3)

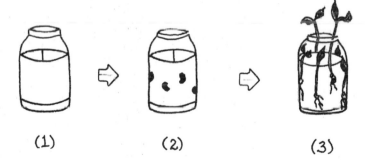

(1)   (2)   (3)

▲ Brotes comestibles

Necesitas: 1/4 de tazón de semillas o alubias secas (Podéis encontrarlas en tiendas de productos naturales. Prueba con alfalfa, rábanos o semillas de clavo.) Recipiente de cristal de boca grande (Un tarro de mayonesa es ideal.)

Malla de nilón o estopilla para tapar el recipiente (También puedes usar un trozo de media vieja.)

Banda de goma

Tú y el niño: Metéis las semillas o alubias en el recipiente, lo llenáis hasta la mitad con agua tibia y dejáis en remojo las semillas durante unas ocho horas.

Cuando las semillas estén empapadas, tapad el recipiente con la malla de nilón o la estopilla y sujetadla con la banda de goma. Id echando agua a través de la malla. Lavad y escurrid las semillas y dejad el recipiente, poniéndolo de lado, en un sitio oscuro y caliente.

Mojad y escurrid las semillas a través de la malla cada mañana y cada tarde durante los tres días siguientes, volviendo a dejar el recipiente a la sombra en cuanto hayáis acabado. Los brotes siempre deben estar húmedos.

Los primeros brotes deberían aparecer al segundo o tercer día. Pasados cinco días, abrid el recipiente y probad los brotes. Si no están demasiado crujientes y saben bien, ya podéis comerlos en ensaladas, bocadillos o salteándolos. Envolved los brotes sobrantes en papel de cocina, metedlos en una bolsa de plástico y guardadlos en la nevera.

Observación: Cuando las semillas empiecen a desarrollar brotes, exponerlas al sol hará que se pongan verdes.

■▲   ¡Despierta, primavera!

Antes de que aparezcan las primeras flores, puedes acelerar el desarrollo de los brotes y llevar la primavera a tu casa.

Tú y el niño: Cortáis unas cuantas ramitas de algún arbusto, matorral o árbol un día de finales de invierno o a comienzos de primavera. Las plantas tradicionales para esta actividad son la forsitia y el sauce común, pero también podéis probar con manzanos, melocotoneros, azaleas o lilas. Buscad ramas con brotes grandes y sanos que parezcan estar a punto de abrirse.

Tú: Usando un cuchillo afilado, cortas los tallos en ángulo justo por encima de un brote sano. Quita unos 3 cm de corteza y rompe los extremos del tallo con un martillo para que absorban más agua.

Tú y el niño: Ponéis las ramas en un recipiente grande o jarrón, lo llenáis de agua y lo dejáis en una habitación donde no haga mucho calor. Si queréis que los brotes tarden menos tiempo en abrirse, rociadlos con agua de vez en cuando. Las hojas o las flores empezarán a aparecer pasadas una o dos semanas.

Sólo por divertirse

●■▲ Adoptar un árbol

Necesitas: Un árbol de vuestro patio o vecindario que os guste mucho a todos

El niño: Decidirá qué árbol quiere adoptar. Anima al niño a escoger un árbol que sea superespecial para él.

Cómo cuidar de vuestro árbol adoptado:

- Ponedle un nombre.
- Id a verlo.
- Habladle.
- Llevadle agua para que beba.
- Merendad debajo de él.
- Leed un libro debajo de él.
- Dibujadlo.
- Calcad la corteza.
- Haced un muñeco de nieve junto a él.

▲ Alfabeto de palitos

Necesitas: Un montón de ramitas, hojas de hierba o tallos de flores

El niño: Formará las letras de su nombre, un mensaje corto o el ABC usando ramitas y otros objetos naturales.

● ■
Variación para niños pequeños: Usad ramitas para crear formas simples (cuadrado, triángulo, estrella).

■ ▲ Amuleto de la buena suerte

Tú y el niño: Cuando exploras la naturaleza, de vez en cuando encuentras algo especial. Puede ser un guijarro o piedra que tiene una forma hermosa y es tan liso que resulta muy agradable al tacto. Puede ser una roca con señales interesantes o en la que hay incrustados trocitos de cristal, un palo que tenga una forma curiosa o una pluma de hermosos colores. Sea lo que sea, es agradable al tacto y a la vista, y eso quiere decir que habéis encontrado un amuleto de la buena suerte que llevar a casa.
Según cuál sea el objeto, podéis dejarlo en su estado natural o convertirlo en algo nuevo. Decorar la madera y las rocas lisas con rotuladores y pinturas puede resultar muy divertido.

Véase también: Tréboles de cuatro hojas con trampa, p. 126.

Corona de flores

Necesitas: Plato de papel
Tijeras
Lápiz de punta afilada o punzón
Un campo lleno de flores o una pradera llena de diente de león
Cinta adhesiva transparente

El niño: Selecciona entre 15 y 20 flores cuyos tallos tengan unos 5 cm de longitud

! Tú: Das la vuelta al plato y usas un lápiz de punta afilada para hacer agujeros por todo el borde, tal como muestra el dibujo. (1) Los agujeros deberían estar a unos 2-5 cm de distancia unos de otros, dependiendo del tamaño de las flores que hayáis cogido. Después cortas el centro del plato para que el niño pueda ponérselo en la cabeza como si fuera una corona. (2) Examina las flores para ver si tienen insectos.

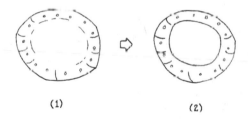

(1)   (2)

Tú y el niño: Arrancáis todas las hojas grandes de los tallos. (Podéis dejar las hojitas.) Con el fondo del plato vuelto hacia arriba, metéis un tallo en cada agujero y tiráis de él hasta que la flor toque el plato. (3)

● Observación para niños pequeños: El adulto mete el tallo en el agujero mientras el niño mira debajo del plato, encuentra el tallo y tira de él. (3)

(3)

Tú y el niño: Dobláis los tallos dirigiéndolos hacia el agujero central y los sujetáis con cinta adhesiva. (4)

Cortad el exceso de tallo con las tijeras, (5), y la corona ya está terminada. (6)

Vista desde abajo

(4)   (5)

Véase también: Corona de hojas, p. 68.   (6)

▲   # Tréboles de cuatro hojas con trampa

Se supone que los tréboles de cuatro hojas traen buena suerte, pero cuestan muchísimo de encontrar. Si vais al campo, dedicad un rato a buscarlos. Después, y si no habéis encontrado ninguno, prueba con este pequeño truco.

Necesitas: Dos tréboles de tres hojas con tallos largos
Vinilo autoadhesivo transparente (opcional)
Papel (opcional)

Tú y el niño: Arrancáis dos hojas de uno de los tréboles y juntáis los tallos (1), ¡y ya está!

Variación amuleto de la suerte: Si quieres conservar tu falso trébol de cuatro hojas, presiona con mucho cuidado las hojas sobre la parte adhesiva de un trocito de vinilo autoadhesivo transparente. Si las hojas han quedado bien, corta un tallo y tapa la parte de atrás del trébol con otro trocito de vinilo autoadhesivo. Después recórtalo y úsalo como amuleto de la suerte. (2)

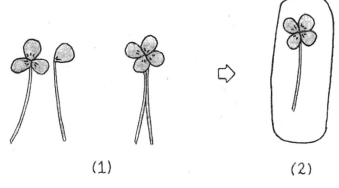

(1)   (2)

Variación tarjeta o marcador de libro: Pega las hojas de vuestro trébol de cuatro hojas con trampa a un trozo de vinilo autoadhesivo transparente. Si el trébol ha quedado bien, corta un tallo y tapa la parte de atrás con un trozo de papel blanco o de colores. Recorta el papel dándole forma de tarjeta o marcador de libro.

■▲ Helicóptero

Necesitas: Papel (Puedes usar un folio o alguna página del suplemento dominical del periódico.)
Tijeras
Regla
Hilo o cordel para cometas delgado, 1 m de longitud
Cinta adhesiva transparente

Tú y el niño: Recortáis un círculo de papel de unos 15 cm de diámetro y marcáis el centro con un punto. (1)

Empezando por la parte exterior, después recortáis el círculo convirtiéndolo en una espiral, tal como muestra el dibujo. (2) Si quieres, puedes dibujar unas líneas de corte como guía y así el niño podrá cortar la espiral.

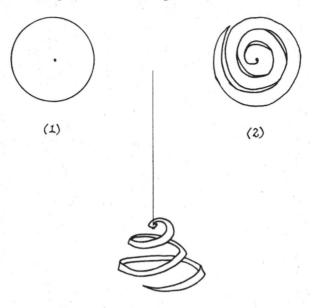

(1)   (2)

El niño: El helicóptero girará apenas note una corriente de aire. El niño puede ir con él de una habitación a otra sosteniéndolo del cordel o sacarlo de casa un día en que haga un poco de brisa. Probad a colgarlo en una ventana donde le dé el aire.

Variación invernal: Si colocáis el helicóptero encima de un radiador u otra fuente de calor, girará por sí solo.

■▲ Cometa de tira

Esta actividad al aire libre puede llevarse a cabo en un área donde no haya árboles, matorrales o gente.

Necesitas: Una tira de papel de unos 2-3 m de longitud (Las cintas de adorno que te hayan sobrado de una fiesta son ideales.)

Un palo delgado y recto (palillo chino, cuchara de madera, lápiz sin punta, tubito de cartón, ramita, clavija)
Cinta adhesiva

Tú y el niño: Sujetáis un extremo de la tira a un extremo del palo con la cinta adhesiva. **El niño:** Sostiene el palo y agita la cometa de tira con suaves movimientos giratorios, trazando círculos, óvalos y zigzags con la tira de papel.

■ ▲   Árbol de golosinas

Necesitas: Un palo o una rama sin hojas (Buscad una que tenga montones de ramitas y una forma interesante.)
Lata grande
Papel de colores, rotuladores, lápices, cinta (opcional)
Arena, gravilla o piedras
Clips
Golosinas sanas y nutritivas (trozos de fruta, cacahuetes con cáscara, galletitas, pretzels pequeños, pastelitos de arroz)

Tú y el niño: Mantén el extremo de la rama en el centro de la lata mientras el niño la llena de arena, gravilla o piedras. El «árbol» debería quedar lo más estable posible.

Si queréis, podéis adornar la parte exterior de la lata usando papeles de colores, rotuladores y lápices. Sujetad el papel alrededor de la lata con cinta adhesiva y desdoblad los clips para hacer ganchos, tal como muestra el dibujo.

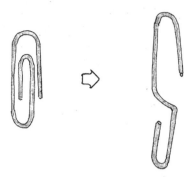

Atravesad golosinas con un extremo de los clips y colgadlas del árbol. La familia podrá comer del árbol durante todo el día.

■▲ Colecciones y dónde guardarlas

El niño decidirá qué coleccionar y cuándo hacerlo. Intenta mantener las categorías lo mas específicas posible para que la colección no llegue a hacerse demasiado grande. A la hora de decidir qué conservar para la colección deberíais tratar de ser un poco selectivos, ya que eso ayudará a que cada pieza sea especial.

Rocas

Coleccionar rocas es divertido porque resulta muy fácil encontrarlas. El niño puede coleccionar rocas de un determinado color, rocas lisas, rocas con cristales o rocas a franjas. Los niños mayores quizá quieran ir a la biblioteca para consultar libros sobre rocas. Otra forma de categorizar las rocas es por el sitio del que proceden: roca del camino, roca del campo de juegos, roca del monte tal, roca del desierto, roca encontrada durante una excursión familiar.

Guardad la colección de rocas en un cartón de huevos, donde cada roca puede tener su propio compartimiento, o en una caja de zapatos resistente. O pegadlas a un cartón grande o a la tapa de una caja de zapatos, y etiquetadlas.

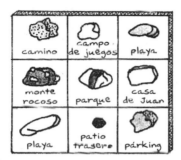

Hojas

Usad la técnica **Pétalos y hojas relucientes** descrita en la p. 63 para exhibir una colección de hojas sobre páginas de papel blanco, o haced **Calcos de hojas** (p. 57). Podéis guardar las páginas en un álbum de confección casera o adquirido en una tienda. Coleccionad hojas con colores otoñales, hojas de distintas formas, hojitas u hojas enormes. Los niños quizá quieran escribir (o que escribas) algo sobre cada hoja en su página: dónde fue encontrada, qué es lo que más les gusta de ella, o de qué clase de árbol procede.

Pétalos

Coleccionad pétalos de flores de colores vivos, guardando uno de cada flor. Usad la técnica **Pétalos y hojas relucientes**, p. 63, para preservarlos sobre páginas de papel blanco. Haced un dibujo del aspecto que tiene la flor entera y escribid su nombre en la página.

Conchas

A veces volvemos de la playa con algunas conchas o fragmentos de conchas. Coleccionad conchas meramente por su belleza, o buscad distintos tipos de concha para compararlos e identificarlos. Asegúrate de lavarlas y secarlas concienzudamente.

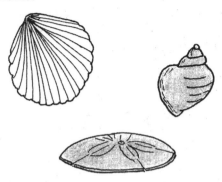

Cristal marino

Al haber sido desgastados por la arena y el oleaje, los trozos de cristal marino tienen los bordes lisos y redondeados y un aspecto escarchado. Si vais a la playa, buscar cristales marinos puede ser como buscar un tesoro. Una vez limpios y secos, mételos en un tarro de cristal y colócalo en un alféizar soleado de la habitación del niño. Cuando los rayos de sol atraviesen el tarro, la colección brillará con todos los colores del cristal.

Tesoros

Los tesoros pueden ser naturales o hechos por el hombre. Lo que hace de un objeto un tesoro es el hecho de que haya sido encontrado durante una excursión o que el niño se encapriche de él. Posibles tesoros serían una roca o cristal especiales, una concha muy hermosa, un trozo de cristal marino, una llave, un botón, un trozo de coral, trocitos de algún adorno de bisutería, una pluma o una chapa de botella.

Guardad los tesoros en una caja de tesoros (por ejemplo, una caja de zapatos adornada con dibujos y papeles de colores).

Arena

Si soléis ir a muchas zonas de playa, podríais hacer una colección de arena de distintos lugares. Asegúrate de que la arena esté limpia y seca antes de guardarla en bolsas de plástico con cierre. Etiquetad cada bolsa con la fecha y el lugar en el que fue recogida la arena. En casa, los niños mayores quizá quieran usar una lupa para comparar los distintos tipos de arena. La arena variará en color, composición y textura.

Dibujos

Una colección de dibujos sobre temas naturales requiere una cierta planificación, ya que deberéis acordaros de llevar el material de dibujo necesario cuando vayáis a explorar la naturaleza. El niño decidirá qué dibujar y cuándo hacerlo: un pájaro de vivos colores, una flor, un campo, un árbol que tenga una forma interesante, una ardilla, el sol, un arco iris. Cuando volváis a casa, guardad los dibujos en un álbum comprado o de confección casera. Futuras excursiones pueden engordar el álbum o acabar produciendo una colección de estudios sobre la naturaleza.

Plumas

Los niños pueden coleccionar plumas limpias y de aspecto sano encontradas en el suelo. Si queréis, podéis consultar un libro sobre aves para tratar de averiguar qué clase de pájaro perdió su pluma. Pegad las plumas a páginas de papel blanco con cinta adhesiva y guardadlas en un álbum. Los niños quizá quieran dibujar el pájaro en la página.

Las posibilidades son ilimitadas. Una colección de **cosas con agujeros** podría incluir hojas, conchas, ciertas ramas, algún que otro trozo de corteza, y ciertos tesoros. Una colección de **cosas con franjas** podría incluir ciertas rocas, conchas, plumas, trocitos de madera, y algunos objetos encontrados.

Dar de comer a los pájaros

●■▲ Adornar los árboles

Necesitas: Aguja de coser e hilo grueso
           Palomitas de maíz, arándanos, cereales secos

Tú y el niño: Colgáis las palomitas, arándanos y cereales secos del hilo y después colocáis vuestra guirnalda de comida en los matorrales o en las ramas de un árbol para que los pájaros y las ardillas puedan comérsela. Podéis hacerlo en cualquier época del año.

Variaciones sencillas:
- Usad seda dental o cordel (envolved el extremo con un poco de cinta adhesiva) para colgar Cheerios o cualquier otro cereal seco.
- Un niño pequeño puede divertirse muchísimo colgando Cheerios de las ramas de un árbol, las agujas de un pino o los tallos de un matorral.

Tú y el niño: Pasadas unas horas, inspeccionad los árboles que habéis adornado para ver si las ardillas y los pájaros han comido algo.

■▲　Comedero de pino

Necesitas:	Una piña de pino grande Un trozo de cordel de 1 m de longitud Mantequilla de cacahuete Alpiste Cuchillo para la mantequilla Plato
Tú y el niño:	Atáis un extremo del cordel alrededor del extremo superior de la piña. (El comedero colgará con el tallo hacia abajo.)
El niño:	Utiliza el cuchillo para untar la piña con mantequilla de cacahuete. Algunos niños preferirán poner un poco de mantequilla en cada lámina, mientras que otros optarán por dejarla bien untada. Ambos métodos son igual de eficaces.
Tú:	Echas una taza de alpiste en el plato y lo esparces.
El niño:	Hace rodar la piña cubierta de mantequilla de cacahuete por el alpiste.
Tú y el niño:	Colgáis el comedero a la sombra.
Observación:	Si hace calor, añadid harina de trigo a la mantequilla de cacahuete para que no se espese demasiado.

Comedero de cartón

Necesitas: Un cartón de leche o zumo
Cinta adhesiva
Rotulador permanente o bolígrafo
Regla (opcional)
Destornillador o punzón (para agujerear la parte superior del cartón)
Tijeras
Papel de cocina
Cordel
Alpiste

Tú y el niño: Laváis el interior del cartón y cerráis la parte superior retorciendo la abertura o con cinta adhesiva, tal como muestra el dibujo. Después hacéis dos agujeros en la parte superior del cartón. (1)
Dibujad un rectángulo de 5 × 8 cm en cada lado del cartón. El fondo de cada rectángulo debería quedar a unos 5 cm del fondo del cartón. (2)

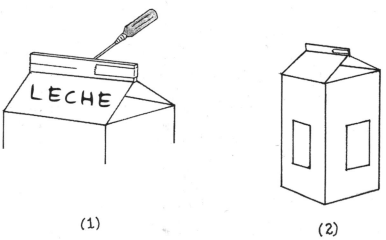

(1) (2)

Tú: Usando el destornillador o las tijeras, corta siguiendo las líneas rectangulares.
No cortes por la parte superior de los rectángulos.

Tú y el niño: Ayuda al niño a acabar de cortar por las líneas laterales y del fondo, dejando intactas las partes superiores de los rectángulos. (3)

Medid 3-4 cm hacia abajo desde el extremo superior de cada rectángulo. Cortad a través para obtener una pestaña y dobladla hacia arriba para formar un pequeño toldo por encima de la abertura del cartón. Repetid el procedimiento con los otros tres rectángulos. (4)

Secad la parte interior del cartón con papel de cocina. (Las manos de un niño son ideales para este trabajo.)

Meted un extremo del cordel por los agujeros de la parte superior del cartón y haced un nudo. (4)

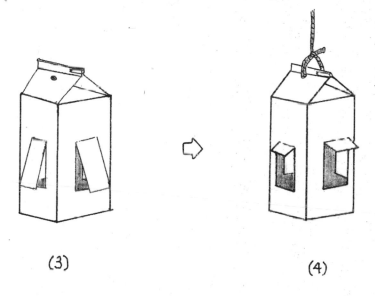

(3)   (4)

Llenad de alpiste el comedero y colgadlo de una rama.

Arte y manualidades naturales

Cabezas de bellota

Necesitas: Unas cuantas bellotas
Rotulador indeleble de punta fina
Cartón de huevos (opcional)
Pegamento blanco (opcional)

Tú y el niño: Buscáis debajo de los robles hasta encontrar unas cuantas bellotas de aspecto sano. Si han perdido el casquete, tratad de encontrar alguno que les vaya bien. El niño puede ir probándo-
los para ver si encajan.

Después quitadles los casquetes y guardadlos. Usando un rotulador indeleble de punta fina, dibujad una cara y cabellos en cada
bellota, tal como muestra el dibujo. Tú puedes encargarte de dibujar mientras el niño decide si las bellotas son chicos o chicas,
sonríen o están tristes, tienen los cabellos largos o cortos, rizados
o lacios, etcétera. Cuando la cara esté terminada, deja que el niño
añada el casquete como sombrero. Si queréis, podéis pegarlo.

Idea: Usa un cartón de huevos invertido para exhibir vuestra colección de cabezas de bellota, o usa **Arcilla de alfarero instantánea** (p. 158) para preparar una delgada capa de arcilla y después introduce la parte inferior de las cabezas en ella.

**! Adverten-
cias**   Tragarse una bellota puede producir asfixia, así que adopta
todas las precauciones necesarias con los niños.

Recuerda que algunas bellotas sirven de hogar a diminutos gusanos blancos que pueden acabar saliendo de ellas. En consecuencia, las **Cabezas de bellota** no deberían ser guardadas in-
definidamente.

■▲ Collage de cositas

Coleccionad objetos naturales interesantes para crear una obra de arte totalmente personal.

Necesitas: Papel (blanco o de embalar), o la tapa de una caja de zapatos
Pegamento blanco
Colección de objetos naturales (hojas, corteza, guijarros, arena, conchas, plumas, vainas de semilla, semillas, ramitas, hierba, flores, bellotas, etc.)
Materiales adicionales encontrados en casa (pasta seca, alubias secas, hilo, botones, bolas de algodón)

Tú y el niño: Pegáis los materiales del collage al papel, o a la parte interior de la tapa de la caja de zapatos, disponiéndolos como más os guste. Es aconsejable empezar pegando objetos planos (hojas, arena, pétalos, trozos de papel) y luego pegar objetos más tridimensionales (piedras, conchas, ramitas, corteza, bellotas) encima de ellos. También podríais hacer un marco con ramitas pegadas o usando pétalos, flores, hojas, pasta, etc.

Observación: Lo bueno de hacer un collage es que no hay que seguir ninguna regla. El niño puede pegar dos o tres cosas y declararlo terminado, o el collage puede tener tres o cuatro capas de grosor. De cualquiera de las maneras... ¡es arte!

■▲ Collar natural

Necesitas: Un objeto natural *plano* especialmente bonito (pluma, hoja, florecita, pétalos)
Vinilo autoadhesivo transparente
Tijeras
Punzón
Hilo grueso o cinta delgada

Tú y el niño: Quitáis el forro de un trocito de vinilo autoadherente y presionáis con cuidado el objeto sobre la superficie pegajosa. Cubridlo con un segundo trozo de vinilo, alisando cualquier burbuja de aire que aparezca.

Recortad los bordes del vinilo. El niño puede decidir la forma: cuadrado, rectángulo, círculo, irregular.

Dependiendo de la forma del vinilo, haced entre uno y cuatro agujeros en el extremo superior.

Meted el hilo o la cinta por los agujeros, centrad la forma en el centro del hilo y luego anudadlo para obtener un collar.

Observación: Cuando hagáis vuestro collar, podrías usar las técnicas mencionadas en **Hojas lacadas** (p. 66) o **Pétalos y hojas relucientes** (p. 63). Las hojas lacadas ayudarán a que los colores otoñales se conserven durante más tiempo. La técnica de los pétalos y hojas relucientes es una buena forma de montar pétalos y hojas delicadas sobre papel, que luego puedes recubrir con vinilo autadhesivo transparente.

Variación imagen natural: El niño puede usar rotuladores, lápices de colores o un lápiz normal para hacer un pequeño dibujo. Puede dibujar un pájaro, un árbol, el sol, la luna y las estrellas o lo que le apetezca.

Cuando el dibujo esté terminado, recortadlo y cubridlo con vinilo autoadhesivo transparente. Después seguid las instrucciones anteriores para acabar el collar.

▲ Móvil natural

Necesitas: Cinco o seis objetos naturales no muy grandes y que pesen poco: bellotas con tallos, piñas de pino pequeñas, conchas con agujeros, vainas de semilla secas, flores secas, **Hojas lacadas** (p. 66), etc.
Una rama ligera pero sólida, de unos 30 cm de longitud, que tenga una forma interesante (como las que se encuentran en las playas, por ejemplo)
Seda dental, hilo de cometa o un hilo grueso
Tijeras
Clips (opcionales)

Tú: Atas un trozo de hilo o seda dental a la rama de tal manera que ésta se mantenga equilibrada al colgarla, y la cuelgas de la varilla de una cortina o de un gancho del techo.
Corta un trozo de hilo o seda dental para cada objeto natural que queráis colgar, asegúrandote de que no haya dos trozos de la misma longitud.
Dobla los clips hasta darles forma de gancho (Véase p. 130.)

Tú y el niño: Atáis hilo o seda dental a cada objeto natural, hacéis una lazada al otro extremo del hilo y le atáis un gancho.
Colgad los objetos naturales de distintas partes de la rama, manteniéndola equilibrada y asegurandoos de que los objetos queden suspendidos a distintas alturas.

Observaciones Si no dispones de clips, limítate a atar los trozos de hilo o seda dental haciendo un nudo.
Si no dispones de una rama bonita, utiliza un colgador.
Si quieres evitar que las bellotas se desprendan de sus casquetes, puedes quitarlos y pegarlos después.

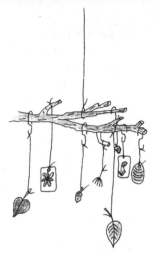

Variaciones:
- Haced un móvil de flores y hojas soleadas. Para las instrucciones básicas, véase **Hojas soleadas** (p. 65). Después recortad el vinilo con hojas o flores individuales en círculos u otras formas, haced un agujerito en cada trozo, anudad el hilo o seda dental y colgadlo siguiendo el procedimiento anterior.
- Haced un móvil de **Imagen natural**, usando la técnica descrita en la página 143 para obtener una variación del **Collar natural**.
- Haced unas cuantas **Mariposas aleteantes** (p. 152) o varias **Hojas de arcilla** (p. 160) para añadirlas a vuestro móvil.

▲ Mural natural en tres dimensiones

Necesitas: Papel (blanco o de embalar)
Rotuladores
Pegamento blanco
Tijeras
Unos cuantos objetos naturales lo más planos posible (Véase **Ideas**, p. 146)

Tú y el niño: Dibujáis o pintáis un fondo sencillo para el mural. Deja que el niño escoja la escena: montañas, océano, campos, etc. Sea cual sea el paisaje, no intentéis complicarlo demasiado.

Pegad objetos naturales al papel para crear una escena más detallada. (Véase **Ideas**, abajo.)

Dejad secar.

Si queréis, podéis añadir más detalles a la escena usando rotuladores o lápices.

Observación: Si estás trabajando con un grupo de niños, usa un rollo de papel de embalar para que cada niño tenga su propia sección del mural.

Ideas:

- Véase **Pétalos y hojas relucientes**, p. 63, para otra técnica de pegado.
- Escena de bosque: El fondo es verde con un cielo azul. Pegad hierba, granos de tierra o musgo al papel para formar el suelo del bosque. Cada hoja puede representar un árbol. Pegadas en posición vertical y formando un grupo, parecerán un bosque. Pegad las ramitas horizontalmente para que hagan de troncos. Dibujad el sol, animales, etc.

- Escena invernal: El fondo debería ser blanco, con el cielo blanco o azul según el tiempo que haga. Usad ramitas para los árboles sin hojas del invierno, papel de aluminio para el hielo y los carámbanos, y algodón para la nieve. Los troncos serán ramitas pegadas en posición horizontal. Extended una delgada capa de pegamento y esparcid alpiste para alimentar a los pájaros dibujados.
- Jardín de flores: Si los pétalos son pequeños, usad un papel más pequeño y haced un mural en miniatura. El fondo puede ser azul cielo, verde hierba o dejarse tal cual. Pegad pétalos para que representen a las flores, y dibujad los tallos con rotuladores o pegad agujas de pino. Pegad hojitas a los tallos o dibujadlas.

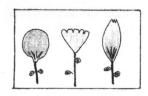

- Escena de playa: Usad los rotuladores para crear un fondo con cielo azul, agua y arena. Extended una delgada capa de pegamento sobre la zona de la arena y esparcid un poco de arena real. Pegad guijarros y conchas, y colocad ramitas en posición horizontal para que hagan de troncos. Trocitos de hojas recortados en forma de embarcaciones pueden surcar los mares. Dibujad gente en el agua o jugando en la arena.
- Otros objetos naturales: guijarros, hierba seca, trocitos de corteza, líquenes, vainas de semillas, semillas, plumas.

▲ Diorama natural

Necesitas: Caja de zapatos (o caja de tamaño similar)
Pegamento blanco
Papel blanco o de embalar
Rotuladores, lápices de colores o pinturas
Colección de pequeños objetos naturales (Véase **Ideas**, abajo)
Materiales opcionales: **Arcilla de alfarero instantánea** (p. 158), bolas de algodón, hilo.

El niño: Decidirá el tema del diorama (montañas, océano, desierto, invierno, verano, etc.).

Tú y el niño: Cortáis un trozo de papel del tamaño del fondo de la caja. Después dibujáis en él una sencilla escena de fondo y lo pegáis al fondo de la caja.
Poned la caja de lado y llenadla con objetos naturales para crear la escena deseada. (Véase **Ideas**, abajo.)

Ideas:
- Diorama del desierto: Usad un fondo de papel marrón con un gran sol. Llenad la parte inferior del diorama con arena

y recortad cactus de papel. Haced lagartos y serpientes con la arcilla, y esparcid ramitas secas.

- Diorama submarino: Recubrid todo el interior de la caja con papel o pintura azul. Peces recortados pueden ser pegados al fondo o suspendidos de hilos. Adornad el fondo del océano con arena, guijarros, conchas, coral y un pulpo de arcilla.
- Diorama de patio trasero o parque: El fondo es un dibujo de vuestro patio trasero o un paisaje de parque. Colgad pajaritos o mariposas de papel de la parte superior del diorama usando hilo. Pegad nubes hechas con bolas de algodón a la parte superior o al fondo de la caja. Clavad ramitas en un montoncito de arcilla para hacer árboles. El «suelo» estará cubierto de piedras, arena, hojas, algodón (nieve) o trocitos de hierba. Moldead una ardilla, perro o gato de arcilla.

●■▲ **Huellas-mariposa**

Necesitas: Pinturas manuales (véase p. 150 para receta) o cualquier pintura infantil lavable
Papel
Pincel
Cinta adhesiva (opcional)

Tú y el niño: Cubre las palmas del niño con pintura y ayúdale a hacer una huella, manteniéndole las manos unidas por las muñecas con los pulgares tocándose y los dedos juntos o separados. (Si quieres obtener una buena huella, ejerce una suave presión sobre las manos del niño.) Después girad el papel y haced una segunda huella, tal como muestra el dibujo, con las bases de las palmas tocándose. (Si el papel es demasiado pequeño, imprimidla en una segunda hoja, recortadla con tijeras y juntadlas con cinta adhesiva.)

Tú y el niño: Usáis un dedo o un pincel para perfilar las alas de la mariposa. Después llenáis las zonas no pintadas con colores vivos. Usad pintura negra para el cuerpo y las antenas de la mariposa.

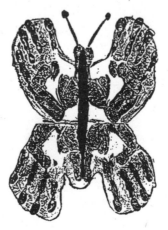

Receta para hacer pintura manual: Mezcla una cucharada sopera de pintura al temple con 1/4 de taza de almidón líquido.

■▲ Los pinceles de la naturaleza

Necesitas: Una selección de hojas, ramitas, pétalos de flores, helechos, etc.
Pinturas al temple
Cuencos pequeños
Papel

Tú: Protege la superficie de trabajo de las salpicaduras de pintura. Si vas a trabajar con niños pequeños, quizá quieras sujetar las esquinas del papel con cinta adhesiva para que no se mueva. Echa un poco de pintura en los cuencos.

El niño: Utiliza los objetos naturales como pinceles.

Tú y el niño: Experimenta con el niño para descubrir las distintas formas y efectos que podéis obtener usando los pinceles de la naturaleza. Sumergid un objeto en la pintura y deslizadlo sobre el papel. Después probad a hacerlo rodar, imprimid con él o, incluso, sacudidlo para que esparza gotas de pintura. El niño quizá descubra que las ramitas trazan líneas rectas y que los pétalos dejan manchas de color. Las agujas de pino dejan puntitos de pintura, e imprimir con las hojas resulta muy divertido.

Véase también: **Huellas con pinturas,** p. 61.

▲ Ventanas-cuadro

Ésta es una forma excelente de volver a utilizar y reciclar los sobres de todas esas facturas que nos llegan por correo.

Necesitas: De tres a cinco sobres con ventanillas de plástico
Tijeras
Papel (blanco o de embalar)

Regla (opcional)
Lápiz
Rotuladores o lápices de colores
Cinta adhesiva transparente (o cinta de doble lado, si tienes)

Tú y el niño: Cortáis con mucho cuidado alrededor de las ventanillas de plástico de los sobres, dejando un margen de 1-2 cm. Si queréis, podéis usar lápices o rotuladores para colorear o adornar los bordes. (1)

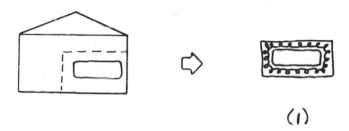

(1)

El niño: Decide el tema de la ventana-cuadro. (Véase **Sugerencias**, p. 152)

Tú: Esbozas a lápiz los contornos de las ventanillas de plástico sobre una página de papel blanco o de color. (2) Puedes usar una regla para tomar medidas, o limitarte a calcular el tamaño a ojo.

El niño: Hace dibujos dentro de cada rectángulo esbozado a lápiz, siempre siguiendo el tema de la ventana-cuadro. (2)

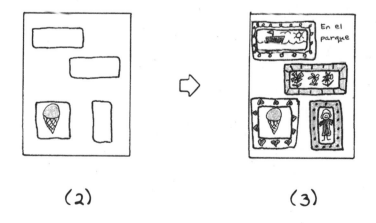

(2)   (3)

Tú y el niño: Cuando los dibujos estén terminados, pegad las ventanillas de plástico encima de cada dibujo con cinta adhesiva, creando un marco. (3) Después el niño puede añadir dibujos adicionales o adornos a la página, o dejarla tal como está.

Sugerencias temáticas:

- Las estaciones: Usad cuatro ventanillas en una página. En ventanillas separadas, dibujad un objeto o escena familiar de la primavera, el verano, el otoño y el invierno. El dibujo de la primavera podría ser un cielo azul y flores. El del verano podría ser una escena de playa. El del otoño podría ser un árbol con hojas de colores otoñales, y el del invierno podría ser un muñeco de nieve.
- Autorretrato estacional: El niño se dibuja a sí mismo con ropa adecuada para cada estación y haciendo cosas distintas. Por ejemplo, una escena veraniega podría ser el niño con bañador en la playa y en las escenas invernales podría patinar o ir en trineo.
- Sitio favorito: Probad con «Mi patio trasero» o «En el parque», y usad de tres a cinco ventanillas para dibujar objetos o actividades. Algunos ejemplos podrían ser un columpio y un jardín lleno de flores, o la mascota de la familia en el parque, el estanque, la fuente, unos patos y el recinto de juegos del parque.
- Animales favoritos: El niño puede dibujar entre tres y cinco animales distintos o elegir su animal favorito y hacer entre tres y cinco versiones distintas de él.

●■▲ **Mariposa aleteante**

Necesitas: Papel (blanco o de embalar)
Rotuladores, lápices de colores o pinturas al temple
Tijeras
Pajita para refrescos
Cinta adhesiva transparente

El niño: Colorea o pinta el garabato que quiera, usando colores vivos. (1) Dejad secar la pintura.

Tú y el niño: Dobláis el cuadro por la mitad y recortáis la forma que muestra el dibujo. (2)

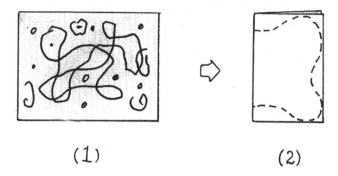

(1)   (2)

Medid unos 2 cm a partir del pliegue y doblad cada ala hacia atrás (3) para obtener la forma de la mariposa. (4)

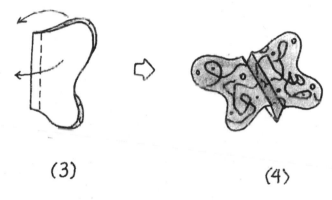

(3)   (4)

Sujetad el pliegue con cinta adhesiva. (5) Unid una pajita a la parte inferior con cinta adhesiva. (6) Si queréis, podéis añadir tirillas de papel como antenas. (6)

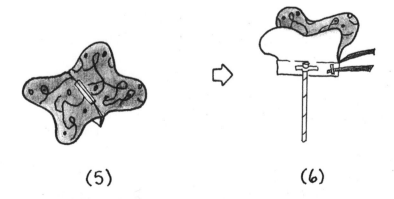

(5)   (6)

El niño: Mueve la pajita hacia arriba y hacia abajo para que la mariposa mueva las alas.

Variación: Los niños mayores quizá quieran adornar las alas de la mariposa de una manera más realista. Observad mariposas o consultad un libro sobre mariposas en la biblioteca para encontrar ideas. Adornad ambos lados del papel.

■▲ Tortuga de plato de papel

Necesitas: Dos platos de papel blancos
Dos hojas de papel (verde, marrón o blanco)
Tijeras
Rotuladores lavables, pinturas o lápices de colores
Cinta adhesiva transparente

El niño: Usa rotuladores, pinturas o lápices de colores para adornar la parte de abajo de los platos de papel. Los niños mayores quizá quieran dibujar un caparazón de tortuga, tal como muestra el dibujo. (1) Los más pequeños pueden limitarse a colorear los platos.

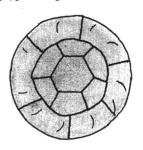

(1)

Tú y el niño: Dobláis por la mitad una hoja de papel y luego volvéis a doblarla por la mitad. (2) Después dibujáis una pata de tortuga y un pie, de unos 10 cm de longitud, similares a los que muestra el dibujo. (3) Si queréis dibujar una tortuga de agua dulce, añadid uñas y palmead el pie. Si habéis optado por una tortuga marina, dibujad aletas. Recortad a través de todas las capas de papel y obtendréis cuatro pies de tortuga.

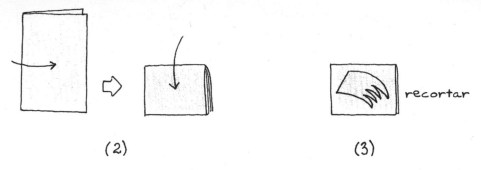

recortar

(2)   (3)

Coged el segundo papel y recortad una cola de 10 cm, una cabeza de 20 cm y un cuello. (4)

El niño: Adorna la cabeza, el cuello, la cola y las patas usando rotuladores, pinturas o lápices de colores.

Tú y el niño: Dobláis el cuello tal como muestra el dibujo. (5) Luego pegáis con cinta adhesiva el extremo doblado a la parte interior de la mitad superior, colocándolo a unos 10 cm del borde exterior. Después pegáis la cola delante del cuello, tal como muestra el dibujo.

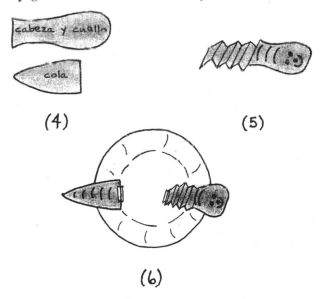

cabeza y cuello

cola

(4)   (5)

(6)

Pegad las patas a la parte interior de la mitad superior del caparazón con cinta adhesiva. (7) Después unid las dos mitades del caparazón con cinta adhesiva. (8)

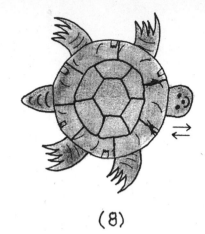

(7)   (8)

La tortuga: Esconde la cabeza dentro de la concha cuando está asustada y la saca cuando quiere echar un vistazo.

■▲ Campanillas del viento

Necesitas: Un envase de plástico grande
Tijeras
Punzón
Martillo y clavo
Seda dental o hilo de pescar
Un mínimo de ocho o diez objetos que puedan tintinear: conchas con agujeros naturales en ellas, tapas metálicas, llaves viejas
Cordel grueso o alambre

Tú: Mides 10 cm hacia arriba desde el fondo del envase y cortas alrededor. Después usa el punzón para hacer entre ocho y doce agujeros alrededor del borde de la sección del envase, tal como muestra el dibujo. (1)

!   Con un martillo y un clavo, haz cuatro agujeros en el fondo de la sección del envase.

!   Si vais a usar tapas metálicas, utiliza el martillo y el clavo para abrir un agujero en el borde de cada tapa.

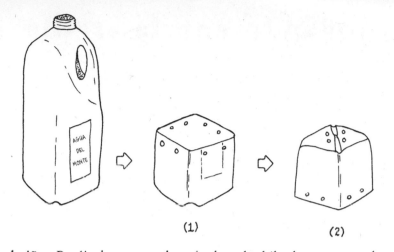

(1)   (2)

Tú y el niño: Pasáis dos trozos de seda dental o hilo de pescar por los agujeros del fondo de la sección del envase y los anudáis para formar dos asas, que luego utilizaréis para colgar el envase.

Después cortad entre ocho y doce trozos de seda dental, de unos 25 cm de longitud cada uno, y usadlos para colgar conchas, tapas metálicas y llaves. Aseguraos de que todos los nudos aguantarán el peso, y colgad vuestras campanillas del viento allí donde haya una corriente de aire.

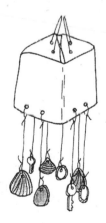

Jugando con la arcilla

●■▲ Arcilla de alfarero instantánea

Necesitas: 1 taza de harina
1 taza de sal
Cuenco
Cuchara
Agua
Colorantes alimentarios (opcionales)

Tú y el niño: Mezcláis la harina y la sal en el cuenco y añadís agua, echándola poco a poco, para formar una arcilla suave y esponjosa. Amasad hasta alisarla. Si la arcilla está demasiado húmeda y pegajosa, añadid más harina. Si la arcilla está demasiado seca y grumosa, añadid un poco más de agua.

Para obtener arcilla coloreada, añadid unas cuantas gotas de colorante alimentario mientras mezcláis los ingredientes. El color se irá volviendo más uniforme a medida que amaséis la arcilla. Deja que el niño decida el color y su intensidad.

Guardad la arcilla en la nevera dentro de una bolsa de plástico.

■▲ Placa de apretar y despegar

Necesitas: **Arcilla de alfarero instantánea** (arriba), sin colorear
Objetos naturales (hojas que no se rompan fácilmente, ramitas, conchas, piedras, agujas de pino)
Rodillo de cocina (o un vaso cilíndrico)
Rotuladores lavables o pinturas al temple y pincel
Papel encerado

Cuchillo para la mantequilla (opcional)

Pajita de plástico (opcional)

Horno de microondas o convencional (opcional)

Observación: No escojáis objetos que sean muy frágiles o delicados.

Tú y el niño: Ponéis un trozo de arcilla del tamaño de una nuez sobre el papel encerado. Después lo cubrís con otra lámina de papel encerado y alisáis la arcilla con el rodillo hasta obtener una capa lo más delgada posible.

Una hoja es un buen objeto para empezar a practicar. Coloread el lado que tenga textura aplicando una delgada capa de pintura al temple o con los rotuladores. Poned la hoja, con el lado coloreado vuelto hacia abajo, sobre la arcilla. Tapadla con papel encerado y volved a pasar el rodillo, ahora muy suavemente. Quitad el papel, despegad la hoja de la arcilla y revelaréis una impresión coloreada. Si queréis, podéis alisar y retocar los bordes de la arcilla con el cuchillo para la mantequilla.

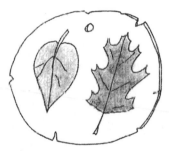

Cuando uséis objetos tridimensionales como conchas, piedras o casquetes de bellota, limitaos a colorear los lados que tengan textura. Después presionad la arcilla con ellos y quitadlos. No apretéis demasiado, ya que de lo contrario los objetos podrían atravesar la arcilla.

Si el niño quiere colgar la placa en una pared, agujerea la arcilla con una pajita antes de cocerla.

! Instrucciones de secado: • Sin separar la arcilla del papel encerado, métela en un **microondas** y cuécela a alta temperatura entre 1 y 2 minutos, vigilándola atentamente. Asegúrate de que la **Placa de apretar y despegar** ha quedado *totalmente cocida y dura* presionando suavemente su centro con el dedo. Si aún está blanda, vuelve a meterla en el microondas y cuécela a intervalos de 15 segundos hasta que se endurezca. Deja que se enfríe y sepárala del papel encerado.

- Si no tienes microondas, transfiere la arcilla a una fuente de hornear recubierta de papel de aluminio, métela en un **horno convencional** y cuécela entre 30 y 60 minutos a 100 °C, comprobando la dureza cada 15 minutos.

- Para secarla puedes emplear un **secador**.

▲ Hojas de arcilla

Necesitas: **Arcilla de alfarero instantánea** (p. 158), sin colorear
Rodillo de cocina (o vaso cilíndrico)
Hojas planas que no se rompan fácilmente
Papel encerado
Palillo o lápiz de punta afilada
Pinturas al temple o pinturas manuales
Horno microondas o convencional (opcional)

Tú y el niño: Ponéis un trozo de arcilla del tamaño de una nuez sobre papel encerado y la alisáis con el rodillo hasta obtener una capa lo más delgada posible.

Poned la hoja, con el lado de la textura vuelto hacia abajo, sobre la arcilla. Tapadla con papel encerado y volved a pasar el rodillo, tratando de dejarla todavía más delgada.

Quitad el papel encerado de arriba y usad un palillo o la punta de un lápiz para reseguir la hoja a través de la arcilla.

Quitad el exceso de arcilla del contorno de la hoja y despegadla con mucho cuidado.

! Instrucciones: de secado:
- Sin separar la hoja de arcilla del papel encerado, métela en un **microondas** y cuécela a alta temperatura entre 45 y 60 segundos, vigilándola atentamente. Asegúrate de que la arcilla ha quedado *totalmente cocida y dura* presionando suavemente el centro de la hoja con el dedo. Si aún está blanda, vuelve a meterla en el microondas y cuécela a intervalos de 15 segundos hasta que se endurezca. Deja que se enfríe y luego sepárala del papel encerado.
- Si no tienes microondas, cuécelas en un **horno convencional** a 100 °C. En vez de colocarlas sobre papel encerado, usa papel de aluminio. Manteniendo la hoja de arcilla sobre el papel de aluminio, pásala a una fuente para hornear y cuécela entre 30 y 60 minutos, comprobando la dureza cada 15 minutos.
- Para secar las Hojas de arcilla puedes usar un **secador**.

Últimos toques: Pintad las Hojas de arcilla secas con pinturas al temple o pinturas manuales. Dejad secar la pintura.

■▲ ## Bosque en miniatura

Necesitas: Arcilla de alfarero instántanea, p. 158
Tapa de caja de zapatos o trozo de cartón resistente para que sirva como base
Objetos naturales (ramitas, agujas de pino, guijarros, bellotas, vainas de semillas, piñas de pino muy pequeñas, algas secas)

Tú y el niño: El color de la arcilla que uséis dependerá de la escena que queráis crear. Usad arcilla verde para una escena con hierba, marrón para la tierra, blanca para la nieve, azul para el agua, etc. Aplanad una buena cantidad de arcilla con los dedos, formando una base de 1 cm de grosor, dentro de la tapa de la caja de zapatos o encima de un cartón.
Si queréis, podéis añadir una pequeña lámina de arcilla azul para que haga de lago. También podéis añadir un montículo de arcilla verde, marrón o blanca para hacer una montaña.

Cread una escena de bosque introduciendo ramitas, hojas, agujas de pino y demás objetos naturales en la base de arcilla. Si las ramitas se caen, añadid un poco de arcilla alrededor de sus «troncos». Después añadid bellotas, guijarros, más ramitas y otros pequeños detalles al suelo del bosque.

Ideas:

- Colocad una **Barca de bellota** en vuestro lago de arcilla. Llena de arcilla un casquete de bellota, parte un palillo por la mitad y pega un pequeño triángulo de papel a un extremo. Clava el palillo en la arcilla del casquete y hunde la parte puntiaguda del casquete en el «lago» de arcilla azul.

- Si vais a hacer una escena de invierno, empezad tapando el fondo con papel de aluminio y luego cubridlo con arcilla blanca. Raspad la arcilla con mucho cuidado para revelar «hielo» reluciente y plateado.

▲ Árbol casero

Necesitas:
Lata de sopa
Arcilla de alfarero instantánea, p. 158
Una ramita sin hojas
Papel de embalar
Tijeras
Rotuladores o lápices de colores
Cinta adhesiva transparente, pegamento blanco o cola caliente

Tú y el niño: Llenáis de arcilla la lata y hundís la base de la rama en la arcilla para que se tenga en pie sin inclinarse.

Recortad hojas y adornadlas con rotuladores o lápices de colores. Las hojas pueden ser verdes o tener muchos colores otoñales distintos. Sujetadlas a la rama con pegamento o cinta adhesiva.

Si queréis, podéis hacer un frutal recortando frutas en un trozo de papel de embalar y colgándolas.

Diversión y juegos al aire libre

Hacer de animales

En esta actividad para niños pequeños a los que les gustan los juegos de fingir e imaginar, debes pedir al niño que imite los sonidos y movimientos de los animales que habéis visto durante vuestros paseos. Pídele que sea una ardilla, un pájaro, un gusano, una mariposa, un perro, un mosquito. Después sugiere otros animales que le resulten familiares pero que quizá no hayáis visto nunca: un búho, un lobo, un elefante, un mono.

Otro punto de vista

Buscad un sitio con hierba (por si se produce algún aterrizaje forzoso) donde el niño pueda ver el mundo del revés. El niño puede doblar la cintura o mirar por entre las piernas, o el adulto puede ayudarle a hacer el pino.

Después, acostados sobre el suelo, contemplad el mundo desde el nivel de la hierba. Imaginaos lo que sería ser una hormiga. Buscad una hormiga y observad adónde va. Después podéis dedicaros a mirar hacia arriba para contemplar las nubes y los árboles.

Súbete al niño a los hombros durante un rato.

¿Qué falta aquí?

Éste es un juego de observación y memoria.

Salid a pasear y recoged ocho objetos naturales distintos que no sean muy grandes (una bellota, una ramita, guijarros, una hoja, una piña de pino, semillas, etc.). Sentaos el uno enfrente del otro y colocad los objetos entre vosotros. Deja que el niño los estudie durante un rato, hablando, tocando o diciendo el nombre de cada objeto. Después pídele que cierre los ojos y quita un objeto. Luego, con los ojos abiertos, el niño debe tratar de recordar e identificar el objeto que falta.

Pon el objeto en su sitio y repite el juego, quitando otro objeto. Si el niño enseguida da con la respuesta correcta, añade dos o tres objetos más al grupo. Si el niño es muy pequeño, quizá quieras empezar con sólo dos o tres objetos.

Ideas:
- Hablad de las formas de recordar las cosas. ¿Dar nombre al objeto ayuda a recordarlo? ¿Y el hablar de él y describirlo, o el tocarlo y sostenerlo en la mano?
- Cierra los ojos mientras el niño quita un objeto.

Jugando con vainas

Algunos árboles dejan caer semillas o vainas que podéis coleccionar o usar en vuestros juegos. El tipo de vainas que encontréis dependerá del sitio en el que viváis. A veces las semillas de los arces se mueven como helicópteros cuando caen desde muy alto. Al secarse, muchas vainas pueden producir sonidos muy curiosos. Las semillas de los castaños son lisas y relucientes. Los sicomoros producen pequeños frutos en forma de botón. Las vainas del algodoncillo se abren en otoño y liberan pequeñas semillas blancas llenas de pelitos que son arrastradas por la brisa.
Véase también: **Cabezas de bellota,** p. 141.

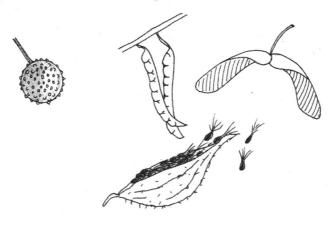

●■▲   Me quiere, no me quiere

La próxima vez que veáis un campo lleno de margaritas, enseña al niño el antiquísimo juego del me quiere, no me quiere. Coge una flor y ve arrancándole los pétalos de uno en uno mientras canturreas «Me quiere, no me quiere, me quiere, no me quiere...».

Después podéis inventar nuevas variaciones de este sencillo juego. Por ejemplo, podríais decidir qué vais a merendar diciendo «Pastel de arroz, helado, pastel de arroz, helado...» o elegir algo todavía más importante diciendo «Abrazo, beso, abrazo, beso...».

■▲   ¿Quién ganará?

Cuando estéis sentados en un campo, busca dos hojas de hierba lo más gruesas posible. Ayuda al niño a hacer una lazada con la suya. Mientras el niño sostiene su lazada por la base, mete tu hoja de hierba por ella tal como muestra el dibujo. Cuando los dos estéis listos empezad a tirar, despacio pero con firmeza, en direcciones opuestas. La persona que acabe sosteniendo la hoja que no se ha roto habrá ganado.

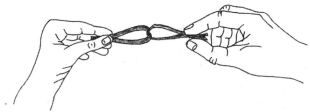

Los niños mayores quizá quieran llevar un recuento de las victorias y derrotas. Antes de empezar a jugar recoged unos cuantos guijarros, y después de cada partida el ganador obtendrá uno. Al final de la competición, el jugador que tenga más guijarros será declarado campeón.

Variación con diente de león: Los tallos del diente de león son todavía más resistentes que la hierba y van muy bien para este juego. Ésta es una forma muy divertida de despedirse de esos maravillosos ramos de diente de león después de que las flores se hayan marchitado.

Variación largo-corto: Usando una sola hoja de hierba o tallo de flor, los jugadores sostienen un extremo cada uno y tiran despacio pero con energía. Cuando la hierba se rompe, gana el jugador que tenga el trozo más largo.

●■▲ Ramitas para los deseos

Para jugar a este juego necesitáis ramitas secas y quebradizas. Cada jugador coge una ramita por la punta y la dobla hasta que se parte por la mitad. El jugador que acabe con el trozo más largo tiene derecho a un deseo.

●■▲ Palo largo / Palo corto

Este juego sencillo y rápido es para dos o más jugadores.

Cada jugador necesita una ramita (o una hoja de hierba larga). Las ramitas deberían ser lo más similares posible y aproximadamente igual de largas. Parte una ramita por la mitad y quédate con uno de los trozos. Después sostén las ramitas en la mano y deja que cada niño escoja una. Quien escoja la más corta deberá hacer una de estas cosas:

Cantar una canción.
Dar 10 volteretas.
Recitar el alfabeto.
Levantarse de un salto, volverse y sentarse.

Esconder-y-buscar

Este juego sencillo y divertido puede ser practicado durante una merienda campestre o en cualquier momento.

El sitio ideal es un patio, campo o parque necesitado de una buena siega. Acordad unos límites para que los jugadores no se alejen demasiado. La zona de juego dependerá de la edad de los jugadores.

Los jugadores se tapan los ojos mientras tú vas a esconder un objeto pequeño (pelota de tenis, juguetito de plástico) entre la hierba. Cuando hayas vuelto, los jugadores podrán echar a correr en busca del objeto escondido. Quien lo encuentre habrá ganado y podrá esconder el objeto la próxima vez. Este juego resulta muy divertido con sólo uno o dos niños. Si vas a jugar con un grupo grande, quizá quieras esconder un gran número de objetos (los cacahuetes sin pelar son una buena idea) para que todo el mundo tenga ocasión de encontrar por lo menos un objeto escondido.

Para niños pequeños: Los niños muy pequeños quizá agradezcan que escondas un objeto de colores vivos, ya que eso les ayudará a la hora de buscarlo.

Variación para hierba corta: Si la única zona con hierba que has podido encontrar ha sido segada, con lo que el juego resultaría demasiado fácil, escoge objetos más pequeños o del color de la hierba.

● ¡A rodar!

Un promontorio cubierto de hierba es el sitio ideal para practicar este juego. Asegúrate de que no haya rocas, palos, ortigas o zumaque venenoso. Si no hay nada peligroso, enseña al niño cómo ha de acostarse en lo alto del promontorio, con los pies juntos y las manos por encima de la cabeza, para rodar por la pendiente. Una consecuencia muy divertida de este juego es que acabas un poquito mareado.

■▲ Pompas de jabón

Las pompas de jabón siempre salen mejor los días secos. Puedes comprar el preparado en la tienda o usar la receta sencilla y la técnica de las gomas descrita a continuación.

En un cuenco pequeño, mezcla dos cucharadas soperas de lavavajillas líquido y 3/4 de taza de agua. Remueve lentamente. Deja caer unas cuantas gomas en el cuenco y salid de casa. Usando las puntas de los dedos, saca una goma de la mezcla. La goma debería llenarse con una película de mezcla para pompas. Mientras la sostienes, el niño puede soplar sobre la película para formar una burbuja. Enseña al niño a mojar la goma en la solución y a moverla de un lado a otro después para hacer más pompas. Experimentad con distintas técnicas y con gomas de distintos tamaños. Las gomas gigantes producen pompas gigantes.

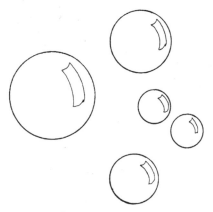

■▲ Seguir al jefe

Esta variación del seguir-al-jefe tradicional requiere ciertos preparativos previos, pero añade una nueva y emocionante dimensión al juego.

Coge diez tarjetas y escribe IZQUIERDA en dos, DERECHA en dos, BRINCAR en dos, CORRER en dos, SALTAR en una y ANDAR DE LADO en una. Después barájalas y entrégaselas, vueltas hacia abajo, al jefe explicándole que cada tarjeta dice qué hay que hacer durante diez pasos. Por ejemplo, IZQUIERDA significa girar hacia la izquierda y dar diez pasos. SALTAR significa dar diez saltos en la dirección elegida por el jefe. Cuando toda la «baraja» haya sido utilizada, le tocará hacer de jefe a otro jugador.

Variación con imagen: En vez de escribir palabras en cada tarjeta, dibuja una flecha o una sencilla indicación para que el jefe sepa qué ha de hacer.

Variación más larga: Los niños mayores quizá quieran que el juego dure más tiempo. Si deseas organizar una auténtica prueba de resistencia, haz cinco tarjetas de IZQUIERDA, cinco de DERECHA, tres de SALTAR, tres de BRINCAR, tres de ANDAR DE LADO y tres de CORRER.

Variación juego instantáneo:
Dile al jefe que lance una moneda cada diez pasos para decidir qué dirección debe seguir. Cara significa girar hacia la derecha. Cruz significa girar hacia la izquierda. El jefe puede escoger los movimientos, como saltar, brincar, correr y andar hacia atrás.

Jugar con guijarros

Los juegos con guijarros son muy divertidos porque hay guijarros prácticamente en todas partes. También podéis probar con bellotas.

●■▲ Agujero o cuenco

Cada jugador coge cinco guijarros. Si vais a jugar sobre la arena o la tierra, cavad un agujero. Si vais a jugar encima del pavimento, usad un cuenco pequeño que no pueda romperse y recubridlo con un trapo viejo (para que los guijarros no reboten en él y salgan despedidos).

Los jugadores se colocan a un metro de distancia y se turnan para arrojar guijarros, de uno en uno, al agujero o cuenco. Los niños pequeños ya se divertirán sólo con arrojar guijarros, pero los niños mayores quizá quieran alejarse un poco más y llevar la cuenta de los lanzamientos que dan en el blanco.

●■▲ Tiro al blanco

Cada jugador debería recoger un buen número de guijarros. Después elegid un blanco para que todos lancen sus proyectiles hacia él: un árbol, una roca grande, un círculo trazado sobre la arena o la tierra o dibujado con tiza en el pavimento, e incluso podéis tratar de darle al guijarro de un oponente.

Los jugadores se turnan para lanzar guijarros contra el blanco. Anima a los pequeños a que se pongan lo bastante cerca para que sus lanzamientos den en el blanco por lo menos la mitad de las veces. Para mantener el interés del juego, después de cinco o diez lanzamientos pide que escojan otro blanco.

Tiro al charco

Jugad a este sencillo juego inmediatamente después de una tormenta para tener una buena cantidad de charcos entre los que escoger. Necesitaréis muchos guijarros.

Salid de casa después de una tormenta, recoged una buena cantidad de guijarros y dedicad un rato a tirarlos a los charcos. Muestra al niño cómo los impactos forman anillos sobre la superficie del agua. Escuchad los distintos ruidos que produce el impacto de un guijarro según la profundidad del charco. ¿Qué diferencias veis y oís cuando lanzáis un guijarro grande y uno pequeño?

Variación para días secos: Si no hay charcos disponibles, a algunos niños les gusta tirar guijarros a un estanque o laguna para ver y oír el chapoteo. Los niños mayores pueden alejarse un poco más y jugar a tirar guijarros al agua.

Véanse también: Saltar dentro de los charcos (p. 95) y **Anillos de agua** (p. 186).

Tiro a la acera

Buscad una acera sin gente en la que haya líneas horizontales. Cada jugador recibe un guijarro grande y muéstrales cómo hay que andar por la acera, tirando un guijarro delante de ti, desde un cuadrado de la acera al siguiente.

Los niños pequeños pueden jugar a este juego supersencillo sin tener que seguir ninguna regla. Los niños mayores pueden tratar de mantener el guijarro dentro de las líneas que forman el cuadrado de la acera.

●■ Manos

Esconde un guijarro en una mano, extiende los puños y deja que el niño adivine en qué mano está el guijarro. Después de unas cuantas partidas, cambia los papeles y deja que el niño esconda el guijarro.

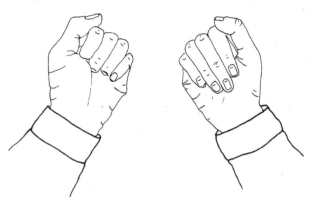

●■▲ Vasos

Con el niño mirando, coge tres vasos de plástico o de papel idénticos y esconde un guijarro debajo de uno de ellos. Después muévelos de un lado a otro y pide al niño que levante el vaso debajo del que está escondido el guijarro. (Con los niños pequeños, usa dos vasos.)

Registrar bolsillos

Cuando el niño no esté mirando, esconde un guijarro pequeño en uno de tus bolsillos. El niño debe adivinar dónde está y señalar el bolsillo correcto. Este juego resulta especialmente divertido si tus bolsillos están llenos de monedas y demás objetos pequeños. Sácalos todos y deja que el niño examine el contenido del bolsillo en busca del guijarro.

Esconder guijarros y buscarlos

Usa un palo para trazar un círculo de 1 m de diámetro sobre la tierra o la arena. Si vais a jugar encima de la hierba, haz el círculo con un trozo de cordel. Pide al niño que encuentre un guijarro pequeño y que lo examine con atención. (Quizá quieras marcarlo con un rotulador.) Cuando el niño no esté mirando, pon el guijarro dentro del círculo y después pide al niño que lo encuentre.

Ciencia al aire libre

●■▲   ¿Está limpia la lluvia?

Necesitas: Un día de lluvia
Tarro de cristal
Papel blanco
Plato sopero blanco
Embudo grande (opcional)
Regla (opcional)

Tú y el niño: Recogéis lluvia en un tarro de cristal. Si queréis, usar un embudo grande os ayudará a recoger más lluvia en menos tiempo. Cuando tengáis suficiente lluvia para poder observarla, usad el papel blanco como fondo detrás de la jarra para ver si el agua de lluvia está limpia o sucia. Otra forma de examinar el agua de lluvia es echarla en un plato sopero blanco, limpio.

Observación: Si habéis usado un recipiente cilíndrico sin embudo, después tú y el niño podéis utilizar una regla para medir la cantidad de lluvia que ha caído durante la tormenta.

●■   Abrazar un árbol

Enseña al niño una nueva manera de medir y comparar objetos.

Necesitas: Un patio, parque o calle con muchos árboles
Una persona adulta con sentido del humor

Tú y el niño: Haz que el niño escoja un grupo de árboles simpáticos a los que abrazar. Mientras el niño se dedica a abrazarlos, hazle estas preguntas:
¿Puedes rodear todo el tronco con los brazos de tal manera que tus dedos se toquen? Si no puedes hacerlo, ¿podrías encontrar un árbol que sea más pequeño para que tus dedos se toquen?
¿Puedes elegir un árbol que sea más grande que éste? ¿Puedes tocarte los dedos cuando lo abrazas?
Cuando me abrazas, ¿se encuentran tus dedos? ¿Y cuando me abrazas la pierna?

Junta los pulgares y encuentra un árbol que puedas rodear con las manos.

¿Crees que podrías rodearme el brazo con las manos? ¿Y qué me dices de la muñeca?

¿Podrías encontrar un árbol tan pequeño que baste con una mano para rodear su tronco? ¿Podrías encontrar uno que fuera todavía más pequeño?

¿Puedes rodearme el dedo con la mano? ¿Cómo sabes si mi dedo es más grande o más pequeño que este árbol?

▲ El musgo manda

Necesitas: Montones de árboles
Una brújula

Tú y el niño: Vais de un árbol a otro buscando musgo en la base de los troncos. En algunos no habrá, mientras que otros quizá estén cubiertos de musgo. Algunos árboles quizá también estén cubiertos de líquenes, un organismo similar a las plantas formado por una combinación de hongos y algas. Los líquenes son marrones, anaranjados o verde claro.

El musgo siempre crece mejor a la sombra, y normalmente abunda más en el lado del tronco que está orientado hacia el norte. Buscad un tronco cubierto de musgo y deja que el niño decida en qué lado hay más musgo. Después usad la brújula para descubrir si ese lado está orientado hacia el norte.

▲ Examinar raíces

Quitar las malas hierbas del jardín o del césped es el momento ideal para comparar los distintos sistemas de raíces.

Necesitas: Vuestro jardín o huerto

Tú y el niño: Hablad de cómo las plantas obtienen agua y nutrientes del suelo a través de las raíces. Distintas plantas tienen distintos tipos de raíces o sistemas de raíces. Arrancad un diente de león o una zanahoria para ver un sistema de *raíz primaria*. (1) Arrancad un poco de hierba para ver un sistema de raíces *fibrosas*. La azucena amarilla es un buen ejemplo del sistema de *rizoma*. (3) Los tulipanes y los narcisos crecen a partir de *bulbos*. (4)

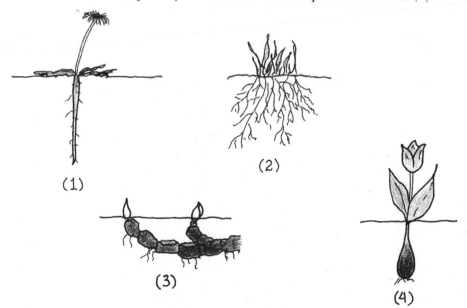

(1)

(2)

(3)

(4)

Apio de colores

■▲

Esta actividad es ideal para antes de la hora de acostarse, ya que deberéis esperar a la mañana siguiente para ver los resultados.

Necesitas: Un tallo de apio con hojas
Dos vasos o recipientes de cristal pequeños
Cuchillo afilado
Colorante alimentario (azul y rojo)
Agua
Cucharilla

Tú y el niño: Echáis unos 5 cm de agua en cada vaso. Después echad dos cucharadas de colorante alimentario azul en un vaso y dos cucharadas de colorante alimentario al otro vaso. Removed.

Tú: Con el apio en remojo, usa un cuchillo afilado para cortar el extremo en la diagonal. Cortando hacia arriba, parte el tallo por la mitad a lo largo de unos 15-20 cm. Déjalo unido por la parte de arriba.

Tú y el niño: Metéis una mitad del tallo en el vaso del agua roja y la otra mitad en el vaso del agua azul, tal como muestra el dibujo, y después os vais a dormir.

Por la mañana: Las hojas habrán empezado a mostrar los dos colores. A lo largo de los dos días siguientes, un lado del apio se volverá azul y el otro lado se volverá rojo.

▲ # Flotar en el océano

¿Sabías que cuesta menos flotar en agua salada que en agua dulce?

Necesitas: Dos vasos altos
Sal
Cuchara sopera
Un huevo fresco
Agua del grifo

Tú y el niño: Llenáis de agua los vasos. Después echáis tres cucharadas de sal en uno de los vasos y removéis hasta que la sal se haya disuelto. Ése será el «vaso del océano».
Usad la cuchara para introducir el huevo en el fondo del vaso de agua dulce. El huevo se hundirá hasta el fondo. (1)
Usad la cuchara para sacar el huevo del agua dulce y metedlo en el «agua de océano» salada. La sal ha aumentado la densidad del agua, ¡y ahora el huevo flota! (2)

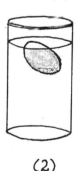

(1)   (2)

■▲ Anillos de agua

Necesitas: Un charco grande o un estanque tranquilo
Guijarros

Tú y el niño: Pide al niño que tire un guijarro al agua y veréis formarse una serie de ondulaciones perfectamente redondas.

Cuando el agua vuelva a estar inmóvil, pide al niño que tire dos guijarros. Veréis aparecer dos grupos de ondulaciones que se irán atravesando sin que los círculos se distorsionen los unos a los otros.

Cuando el agua haya dejado de moverse, probad a tirar tres guijarros. ¿Conservan su redondez las ondulaciones cuando se encuentran unas con otras?

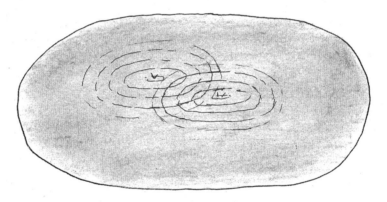

■▲ Vida de hormigas

Necesitas: Un sitio donde haya hierba
Un día en que no tengáis ganas de hacer nada

Tú y el niño: Buscad hormigas entre la hierba. Cuando las encontréis, escoged la que más os guste, ponedle nombre y dedicad cinco o diez minutos a observarla mientras va de un lado a otro. Una cuadrilla de hormigas que transporta un trozo de comida es un espectáculo fascinante. Tratad de localizar una hilera de hormigas que esté entrando o saliendo de un hormiguero. Tirad unos cuantos trocitos de galleta (o cualquier otro alimento azucarado) al suelo y fijaos en cuánto tardan en encontrarlas las hormigas.

●■▲ Visitar la tienda de mascotas

Las tiendas de mascotas son un buen sitio para contemplar animales y estudiarlos de cerca.

Necesitas: Una tienda de mascotas con animales sanos y bien cuidados y dependientes amables.

Tú y el niño: Deja que el niño escoja qué animales vais a observar. Los perritos y los gatitos podrían ser vuestra primera parada, pero no os olvidéis de los conejitos, los jerbos, los hámsters y los ratoncitos. Algunas preguntas que puedes formular:

¿Cuántos jerbos ves en esta jaula? ¿Ves alguno que esté durmiendo? ¿Cómo sabes que está durmiendo?

¿Ves las uñitas del hámster? ¿Cuántas patas tiene? ¿Puedes ver sus grandes dientes delanteros? ¿De qué color es su pelaje? ¿Ves cómo se las arregla para beber agua?

¿Sabrías encontrar algún animal que tenga las orejas muy, muy largas? ¿Cuántos conejitos hay aquí? ¿De qué colores son? ¿Ves algún conejito con las orejas cortadas?

¿Podrías encontrar algún animal peludo que sea todavía más pequeño que un jerbo? ¿Has encontrado los ratoncitos? ¿Qué clase de cola tienen? ¿Se parece a la de los jerbos? ¿Crees que las orejas de un ratón se parecen a las de un conejo?

En la sección de pájaros, seguramente encontraréis loros, periquitos, pinzones y canarios. Algunas preguntas que puedes formular:

¿Qué colores ves en este pájaro? ¿Cuántos colores tiene?
Los gatitos, los perritos y los hámsters están cubiertos de pelo. ¿Los pájaros también están cubiertos de pelo? ¿No? ¿De qué están cubiertos entonces?
¿Cómo se llama la boca de un pájaro? ¿Qué les gusta comer a los pájaros? ¿Cuántas patas tienen los pájaros, cuatro o dos? ¿Qué otro animal tiene dos patas?

Ciertas tiendas de mascotas tienen una sección de reptiles. Algunas preguntas que puedes formular:

¿Ves los dibujos que forman las escamas de esa serpiente? Ésa es una forma de saber qué clase de serpiente es.
Este reptil se llama iguana. Le gusta vivir en lugares muy secos y cálidos.
¿Cuántas patas tiene este lagarto? ¿Y esa serpiente?

Finalmente, id a ver los acuarios. Algunas tiendas de mascotas tienen acuarios tropicales con coral, anémonas, erizos de mar y esponjas llenos de peces de muchos colores. Otras tiendas quizá dispongan de un tanque gigante con peces de gran tamaño. También encontraréis tanques más pequeños con montones de peces de distintas clases, y puede que alguna que otra salamandra. Algunas preguntas que puedes formular:

¡Mira cuántos peces! ¿Qué colores ves en este acuario? ¿Cuál es el pez más grande? ¿Cuál es el más pequeño? ¿Cuál te gusta más? Fíjate en los costados de ese pez. ¿Ves su ojo? ¿Ves la boca?
¿Sabes si los peces tienen dientes? ¿Puedes ver las agallas del pez? ¿Se están moviendo?
¿Crees que los peces están cubiertos de pelo? ¿Crees que tienen plumas? ¿Sabías que un pez está cubierto de escamas?
¿Ves cómo mueve la boca ese pez? ¿Serías capaz de mover la boca de esa manera?

Ciencia para días soleados

■▲ Luz y oscuridad

Haced este experimento un día de verano soleado y caluroso.

Necesitas: Pavimento oscuro y pavimento claro a los que les dé el sol o papel blanco y papel negro, sujetados con algún peso para que no se muevan, puestos al sol
Una palangana con agua

El niño: En primer lugar, haz que el niño compruebe la diferencia de temperatura entre el pavimento claro y el pavimento oscuro. Si estáis trabajando con papel, dejad los dos papeles al sol durante un rato y luego tocadlos con la mano abierta. El papel o el pavimento oscuro estarán más calientes.

! Advertencia: Los días de mucho sol el pavimento oscuro llega a ponerse muy caliente, así que tened cuidado al tocarlo.

El niño: Ayuda al niño a meter las manos o los pies en la palangana. Después de sacudirlos para eliminar el exceso de agua, el niño dejará huellas o pisadas mojadas, una en el pavimento o papel claro y otra en el pavimento o papel oscuro. Aseguraos de que las dos huellas reciben los rayos del sol, y ved cuál se seca antes.

Observación: Los colores oscuros absorben el calor y los colores claros lo reflejan, y por eso el papel oscuro (o el pavimento oscuro) se calienta más y seca la huella mojada antes. Los habitantes de países cálidos siempre procuran llevar ropa de colores claros debido a este principio científico.

Variación para interiores:	Podéis hacer este experimento en casa, en cualquier ventana que tenga luz de sol directa. Usad papel negro y papel blanco poniéndolos al sol el uno junto al otro, y después esperad 10 minutos y tocad cada papel. El negro estará más caliente. Mojaros las manos y dejad huellas mojadas simultáneamente en los dos papeles, y ved cuál se seca más deprisa.
Véase también:	Piedras calientes, p. 109.

●■▲ Sombras

Necesitas:	Un día de sol
Tú y el niño:	Os ponéis al sol y observáis vuestras sombras. ¿Son largas, cortas o medianas? Explica al niño cómo cambian las sombras según la hora del día y el ángulo del sol en el cielo. Las sombras son largas a primera hora de la mañana y a última hora de la tarde, cuando el sol está bajo en el cielo. Al mediodía, cuando el sol está justo encima de nuestras cabezas, son cortas. Si quieres puedes medir la sombra del niño o reseguir su contorno con tiza a primera hora de la mañana, al mediodía y a finales de la tarde, para así comparar las longitudes.
Véase también:	Días soleados, p. 91.

●■▲   Haz tu propio arco iris

Necesitas: Un día soleado (por la mañana o por la tarde, pero no al mediodía)
Manguera de jardín, equipada con un aspersor

Tú: Te pones de espaldas al sol y después te vuelves un poco hacia la derecha, de tal manera que una parte más grande de tu hombro derecho quede dirigida hacia el sol. Sosteniendo la manguera delante de ti, lanza una neblina de agua al aire. Un arco iris aparecerá en el lado derecho de la neblina.
Si vuelves el cuerpo hacia la izquierda, de manera que tu espalda y tu hombro izquierdo queden dirigidos hacia el sol, un arco iris aparecerá en el lado izquierdo de la neblina.

El niño: Se coloca delante de ti y te ayuda a sostener la manguera. También puede empezar poniéndose junto a ti y luego moverse de un lado a otro hasta que aparezca un arco iris. Los niños mayores pueden sostener la manguera sin ayuda.

▲   Reloj de sol

El mejor momento para esta actividad es al principio de la mañana de un día soleado.

Necesitas: Vuestro patio o algún otro pavimento que tenga luz de sol directa durante todo el día
Tiza

Tú y el niño: Dibuja un círculo en el centro del patio y pide al niño que se ponga dentro de él con las manos junto a los costados. Observa dónde cae la sombra de la cabeza del niño, indica el punto con tiza y anota la hora.
Una o dos horas después, salid de casa y repetid el procedimiento anterior. Hablad de cómo se ha movido la sombra, marcad el nuevo sitio con tiza y anotad la hora.
Repetid el procedimiento a lo largo del día. Si se os pasan por

alto un par de horas, no importa. Podéis llenar los huecos cal-
culando dónde habrían tenido que ir los números que faltan.

Al día siguiente: Determinad la hora observando dónde cae la sombra del niño en vuestro reloj de sol casero.

Véase también: **Norte, sur, este y oeste**, p. 76.

Ciencia para días de nieve

■▲ ¿De qué está hecha la nieve?

Necesitas: Tazón o cuenco que se puedan meter en el microondas
Nieve recién caída

El niño: Llena el recipiente de nieve sin apretarla demasiado.

Tú y el niño: Metéis el recipiente en el microondas o lo dejáis en un sitio donde haga calor hasta que toda la nieve se haya derretido. Comentad qué poca agua queda en el recipiente después de que la nieve se haya derretido, porque la nieve está formada por agua y montones de aire. Marcad el nivel del agua en el recipiente y vaciadlo. Después salid de casa y volved a llenar de nieve el recipiente, esta vez apretándola lo más posible. Alisad la parte superior y meted el recipiente en el microondas o dejad que se derrita por sí sola. Mientras la nieve se está derritiendo, pregunta al niño: «¿Crees que esta vez habrá más agua que antes o menos? ¿Por qué?». Cuando toda la nieve se haya derretido, comparad los niveles de agua.

■▲ ¿Está limpia la nieve?

Necesitas: Nieve limpia recién caída
Recipiente de cristal
Papel blanco

El niño: Llena de nieve el recipiente, intentando encontrar nieve que esté lo más limpia posible.

Tú y el niño: Metéis la nieve en el microondas o la dejáis en un sitio caliente hasta que se derrita. Después ponéis papel blanco detrás del recipiente o debajo de él y miráis a través del agua para ver si la nieve está realmente limpia o contiene restos. Si queréis, podéis usar una lupa.
También podéis recoger muestras de nieve de distintas zonas usando vasos de papel o plástico. Llevadlas a casa, derretidlas y comparad lo que encontráis en ellas.

Observación: Derretir la nieve en un cuenco o un plato blanco también es una buena forma de comprobar si contiene restos.

■▲   Témpano flotante

¿Sabías que un témpano siempre mantiene la mayor parte de su masa oculta debajo de la superficie del océano? Por muy enorme que pueda ser un témpano, lo que vemos en la superficie sólo abarca una décima parte de sus dimensiones totales.

Necesitas: Nieve blanda y húmeda
Palangana grande o el fregadero de la cocina, llenos de agua fría

Tú y el niño: Salís de casa y hacéis tres bolas de nieve, una muy apretada, una normal y una lo más blanda posible.

Después entrad en casa y meted vuestros pequeños témpanos en la palangana o el fregadero. Comparad cómo flotan los tres témpanos. ¿Se comportan igual o muestran alguna diferencia en su comportamiento? Hablad de cómo, mientras los falsos témpanos flotan, la mayor parte de ellos queda oculta debajo del agua. La bola de nieve más apretada está llena de burbujas de aire y tiende a subir en el agua. La bola más blanda absorbe el agua igual que una esponja, y al volverse más pesada tiende a hundirse.

Observación: Si el niño muestra interés por el tema, podéis examinar un cubito de hielo para ver cómo las burbujas de aire quedan atrapadas en el hielo.

▲   Cubito flotante

Este experimento permite que toda la familia intente adivinar cuáles serán los resultados.

Necesitas: Vaso alto
Dos o tres cubitos grandes
Agua

Tú y el niño: Echáis dos o tres cubitos grandes en el vaso, lo llenáis de agua hasta el borde y lo ponéis encima de un trozo de papel de cocina seco. Después pregunta al niño: «¿Qué crees que le ocurrirá al nivel del agua cuando los cubitos se derritan? ¿Descenderá, se quedará igual o subirá tanto que el agua se saldrá del vaso?».

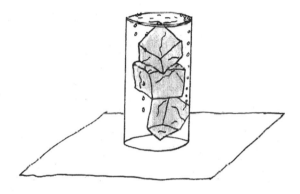

¡Cuidad nuestro planeta!

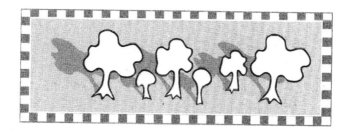

● ■ ▲

Si tu familia todavía no recicla, empezar a hacerlo es muy fácil y además se trata de una actividad en la que puede tomar parte toda la familia. Colocad recipientes para papel, periódicos, latas, botellas o los objetos que recoja vuestro centro de reciclaje. Los niños aprenderán a reciclar en la escuela y les enorgullecerá saber que están haciendo su parte en casa.

Otra forma de mantener sano y habitable el planeta es usar el coche con menos frecuencia. Si el hacerlo no va a crearos demasiados problemas, tratad de caminar, id en bicicleta o coged el autobús en vez de hacer los trayectos cortos en coche.

De vez en cuando podrías examinar los alrededores de tu casa para ver si hay basura. Recuerda que eres responsable de la seguridad del niño, y asegúrate de que todo el mundo lleva guantes protectores cuando vaya a recoger basura. Si tu familia o grupo de juegos frecuenta determinado parque, playa o campo de juegos, podríais organizar un día de limpieza. Acordaos de traer bolsas para recoger la basura al final de vuestro día de diversión. Cuando las hayáis llenado, tiradlas en un contenedor de basura o recicladlas en casa.

EL NIÑO Y SU MUNDO

Títulos publicados:

1. **Juegos para desarrollar la inteligencia del bebé** - *Jackie Silberg*

2. **Juegos para desarrollar la inteligencia del niño de 1 a 2 años** - *Jackie Silberg*

3. **Luz de estrellas. Meditaciones para niños 1** - *Maureen Garth*

4. **Rayo de luna. Meditaciones para niños 2** - *Maureen Garth*

5. **Enseñar a meditar a los niños** - *David Fontana e Ingrid Slack*

6. **Los niños y la naturaleza** - *Leslie Hamilton*